Alain Mabanckou est né au Congo-Brazzaville en 1966. Auteur de plusieurs romans, il a été lauréat du prix des Cinq Continents de la Francophonie, du prix Ouest-France/Étonnants voyageurs et du prix RFO du livre pour *Verre Cassé* (Seuil, 2005), du prix Renaudot pour *Mémoires de porc-épic* (Seuil, 2006). Il est également l'auteur de l'essai *Lettre à Jimmy*. L'ensemble de son œuvre a été couronné par l'Académie française (Grand Prix de littérature Henri-Gal 2012). Il enseigne la littérature francophone à l'université de Californie-Los Angeles (UCLA). En 2015, il a été nommé professeur à la chaire annuelle de création artistique au Collège de France.

Alain Mabanckou

PETIT PIMENT

ROMAN

Seuil

TEXTE INTÉGRAL

ISBN 978-2-7578-6188-2
(ISBN 978-2-02-112509-2, 1ʳᵉ publication)

© Éditions du Seuil, 2015

En hommage à ces errants de la Côte sauvage qui, pendant mon séjour à Pointe-Noire, me racontèrent quelques tranches de leur vie, et surtout à « Petit Piment » qui tenait à être un personnage de fiction parce qu'il en avait assez d'en être un dans la vie réelle...

A. M.

Loango

Tout avait débuté à cette époque où, adolescent, je m'interrogeais sur le nom que m'avait attribué Papa Moupelo, le prêtre de l'orphelinat de Loango : *Tokumisa Nzambe po Mose yamoyindo abotami namboka ya Bakoko*. Ce long patronyme signifie en lingala « Rendons grâce à Dieu, le Moïse noir est né sur la terre des ancêtres », et il est encore gravé sur mon acte de naissance…

Papa Moupelo était un personnage à part, sans doute l'un de ceux qui m'avaient le plus marqué pendant les années que j'avais passées dans cet orphelinat. Haut comme trois pommes, il chaussait des Salamander à grosses semelles – nous les appelions des « chaussures à étages » – et portait de larges boubous blancs qu'il se procurait auprès des commerçants ouest-africains du Grand Marché de Pointe-Noire. Il ressemblait alors à un épouvantail de champ de maïs, en particulier au moment où il traversait la cour centrale et que les vents secouaient les filaos qui entouraient l'enceinte de l'orphelinat.

Chaque week-end nous attendions son arrivée avec impatience et l'applaudissions dès que nous apercevions sa vieille 4L dont le moteur, disions-nous, souffrait de tuberculose chronique. Le prêtre se débattait pour se garer dans la cour, reprenait cinq à six fois sa manœuvre alors que n'importe quel chauffard se serait parqué au même endroit les yeux fermés. Ce n'était pas par plaisir qu'il livrait cette bataille grotesque : c'était parce qu'il souhaitait, se justifiait-il, que « la tête de la voiture regarde déjà vers la sortie » et qu'il n'ait pas à se compliquer l'existence deux heures plus tard lorsqu'il regagnerait Diosso, la localité où il résidait, à une dizaine de kilomètres de Loango…

Une fois que nous étions à l'intérieur du local mis à sa disposition par l'institution juste en face des bâtiments qui nous servaient de salles de classe, nous formions un cercle autour de lui tandis qu'il nous distribuait des feuillets sur lesquels nous découvrions les paroles de la chanson à apprendre. Un vacarme traversait aussitôt la pièce car nous avions pour la plupart du mal à nous habituer au vocabulaire précieux de ce lingala tiré des livres écrits par les missionnaires européens et dans lesquels ces derniers avaient recueilli nos croyances, nos légendes, nos contes et nos chants des temps immémoriaux.

Nous nous appliquions et, en moins d'un quart d'heure, nous nous sentions à l'aise, modulant nos voix comme le voulait Papa Moupelo qui suggérait aux filles de pousser des youyous, aux garçons de leur répondre par leur tonalité la plus basse pendant que lui-même, les yeux fermés, le sourire aux lèvres, se trémoussait, écartait ses jambes pour les recroiser et les écarter à nouveau. Ses gestes étaient si vite exécutés que nous étions certains qu'il était l'homme le plus rapide de la terre.

Le voilà qui transpirait au bout de quelques minutes, essuyait son visage d'un revers de main et, le souffle coupé, la bouche ouverte, nous faisait signe :

– C'est à vous maintenant !

Devant notre hésitation, le prêtre volait à notre secours, liant le geste à la parole :

– Allons ! Allons ! Ne soyez pas timides, les enfants ! Je veux que tout le monde s'y mette ! Remuez vos épaules de haut en bas ! Oui, comme ça ! Très bien ! Imaginez maintenant que ces mêmes épaules sont des ailes et que vous vous apprêtez à vous envoler ! Voilà !!! Hochez simultanément la tête tels des margouillats surexcités ! Formidable, les enfants ! C'est ça la vraie danse des nordistes de ce pays !

Enflammés par ces moments de liesse où nous pensions que ce serviteur de Dieu n'était pas là pour nous évangéliser mais pour nous faire oublier les punitions que nous avions subies les jours précédents, nous nous laissions aller, parfois un peu trop, avant de comprendre que tout ne nous était pas permis, que nous n'étions pas dans la fameuse cour du roi Makoko où les Batékés festoyaient sans relâche pendant que leur souverain ronflait de jour comme de nuit, bercé par les chants de ses griots.

Papa Moupelo nous surveillait donc du coin de l'œil et intervenait dès que nous étions tentés de franchir la ligne rouge. Il n'était pas question par exemple que nous nous rapprochions des filles dans l'espoir de les prendre par la taille et de nous coller à elles comme des sangsues. De même était-il intransigeant à l'égard de ces pensionnaires vicieux tel Boumba Moutaka, Nguékena Sonivé et Diambou Dibouiri qui utilisaient des bris de miroir pour apercevoir la couleur des sous-vêtements des filles et se payer par la suite leur tête.

Papa Moupelo les rappelait vite à l'ordre :
– Attention, les enfants ! Je ne veux pas de ça ici !
Le péché arrive souvent en blaguant !

Pendant plus de deux heures nous oubliions qui nous étions et où nous nous trouvions. Nos éclats de rire résonnaient jusqu'à l'extérieur de l'orphelinat quand Papa Moupelo, habité par la transe, imitait maintenant le saut de la grenouille afin de nous démontrer la fameuse danse des Pygmées du Zaïre, son pays d'origine ! Une danse bien différente et beaucoup plus technique que celle des nordistes de chez nous car elle exigeait une souplesse de félin, une rapidité d'écureuil pourchassé par un boa et surtout ce déhanché remarquable au terme duquel le prêtre s'accroupissait, puis d'un petit bond de kangourou, se retrouvait sur ses pattes un mètre plus loin. Il se redressait sans cesser de bouger des reins, levait très haut les bras, poussait un cri du fond de sa gorge et s'immobilisait enfin, ses gros yeux rouges bien écarquillés sur nous. C'était à cet instant-là que nous devions l'acclamer afin qu'il reprenne une posture moins comique et que chacun de nous s'installe peu à peu sur ces sièges en bambou qui grinçaient au moindre de nos mouvements. Nous étions aux anges, portés par une ambiance que nous commentions le lendemain à la cantine, à la bibliothèque, dans l'aire de jeux, dans la cour de récréation, et surtout dans le dortoir où nous répétions ces pas jusqu'à ce que les six surveillants de couloir, jaloux de l'influence de l'homme de Dieu sur nous, agitent leur fouet et nous poussent à nous réfugier dans nos draps. Nous les appelions les « surveillants de couloir » parce qu'ils se terraient justement dans les couloirs, nous pistaient et faisaient remonter les informations au premier étage, auprès du directeur Dieudonné Ngoulmoumako. Les plus tenaces de ces surveillants étaient Mpassi, Moutété et Mvoumbi, des parents de la ligne maternelle du directeur et qui, de ce fait, agissaient tels des sous-directeurs au point que Dieudonné Ngoulmoumako devait parfois leur dire de lever le pied. Quant aux trois autres, Mfoumbou Ngoulmoumako, Bissoulou Ngoulmoumako et Dongo-Dongo Ngoulmoumako, fiers de leur patronyme hérité de la ligne paternelle du directeur, ils prenaient tout le monde de haut alors qu'ils avaient obtenu leur poste par la seule grâce de leur oncle et n'avaient aucune expérience dans l'éducation des enfants qu'ils considéraient comme du bétail.

Dès qu'ils s'en allaient après nous avoir intimidés, quelqu'un d'entre nous lançait un mot marrant dans le lingala de Papa Moupelo, nous sortions de nos lits pour former un petit cercle et reprendre notre chorégraphie, celle-là qui allait nous poursuivre jusque dans nos songes. Il n'était pas surprenant d'entendre au cœur de la nuit des pensionnaires fredonner dans leur sommeil bien mouvementé ces airs d'antan dans la même langue désuète de cet homme plein de bonté et qui nous vendait l'Espérance au prix le plus abordable parce qu'il était persuadé que sa mission était de sauver les âmes, toutes les âmes de cette institution...

*

Papa Moupelo ne m'avait jamais avoué que c'était lui qui m'avait attribué le nom le plus kilométrique de l'orphelinat de Loango, et certainement de la ville, voire du pays. Était-ce parce que c'était ainsi chez ses compatriotes zaïrois où les appellations étaient aussi interminables qu'imprononçables, à commencer par celle de leur propre

15

président Mobutu Sese Seko Kuku Ngbendu Wa Za Banga dont le nom signifiait « le guerrier qui va de victoire en victoire sans que personne l'arrête » ?

Quand je me plaignais que Untel n'avait pas prononcé correctement ou intégralement mon nom, Papa Moupelo m'incitait à ne pas m'emporter, à prier le soir avant de m'endormir pour remercier le Tout-Puissant car, d'après lui, le destin d'un être humain était caché dans son nom. Pour me convaincre, il prenait son propre exemple : « Moupelo » voulait dire « prêtre » en kikongo, et ce n'était pas un hasard s'il était devenu un messager de Dieu comme l'avait été son père. Il se réjouissait de ce fait que mes détracteurs se contentent de m'appeler « Moïse » ou « Mosé ». Moïse, argumentait-il pour me flatter, n'était pas n'importe quel prophète, et tous les prophètes, y compris ceux qui arboraient dans l'Ancien Testament une barbe plus longue et plus poivrée que la sienne, ne lui arrivaient pas à la cheville : il était celui que Dieu avait choisi et chargé de sortir d'Égypte les enfants d'Israël et de les conduire vers la Terre promise. À quarante ans, révolté par la misère de son peuple au quotidien, Moïse tua un contremaître égyptien qui s'en prenait à un Hébreu. Après cet acte, il fut contraint de s'enfuir dans le désert où il devint un berger et se maria avec une des filles du prêtre qui lui avait accordé l'hospitalité. À quatre-vingts ans, alors qu'il s'occupait des moutons de son beau-père, Dieu l'appela depuis un buisson pour lui confier la tâche de libérer le peuple hébreu victime de l'esclavage sur ces terres égyptiennes. Qui de ceux qui se moquaient de mon nom en avaient un avec autant de sens, me demandait le prêtre ?

Aujourd'hui encore, pendant que j'écris ces lignes, emmuré dans cet endroit jadis familier mais à présent si différent, j'entends presque la voix de Papa Moupelo me réciter en aparté le passage biblique dans lequel Dieu se manifesta devant Moïse :

– *L'ange de l'Éternel lui apparut dans une flamme de feu, au milieu d'un buisson. Moïse regarda ; et voici, le buisson était tout en feu, et le buisson ne se consumait point...*

Je le vois scruter le ciel, me considérer ensuite pendant quelques secondes et emprunter sa voix la plus grave :

– Oui, mon petit Moïse, l'Ange de l'Éternel t'apparaîtra à toi aussi. Ne t'attends pas à le voir jaillir d'un buisson, cela a déjà été fait et Dieu a horreur de se répéter. Il sortira de ton propre corps, tu ne le reconnaîtras peut-être pas car il aura une apparence si répugnante qu'il t'inspirera du dégoût. Pourtant il sera là pour te sauver...

Au cours des rencontres suivantes je ne lâchais plus d'une semelle Papa Moupelo au point d'essuyer des remarques de certains pensionnaires qui me taxaient de fayot ou d'être sa silhouette de « midi cinq ». Or je ne faisais que le supplier de me laisser m'installer au fond du local, au dernier rang, me souvenant que lors des séances précédentes il nous avait émerveillés avec sa parabole des ouvriers de la vigne arrivés au travail à la onzième heure et qui avaient été payés avant leurs collègues pourtant présents à la troisième et à la sixième heures.

– Au royaume des cieux, avait-il conclu, comme pour ces ouvriers de la vigne, les derniers seront les premiers, et les premiers seront les derniers. Mais tu n'as pas à t'affoler : Dieu n'oublie pas les enfants, même s'ils ne sont pas assis derrière.

Non, je ne m'affolais pas : je m'inquiétais depuis que j'attendais le secours de Dieu, en particulier lorsque le directeur levait sa main sur nous et que le Tout-Puissant ne nous adressait aucun signe qui nous aurait rassurés. Le directeur incarnait à mes yeux le méchant pharaon de la Bible qui brimait le peuple hébreu, et je me demandais pourquoi Dieu hésitait aussi longtemps à frapper notre orphelinat de ces redoutables plaies d'Égypte qui poussèrent ce monarque égyptien à reconnaître Sa supériorité et Sa puissance. Dieu s'était-Il dédit et avait-Il choisi un autre Moïse plus noir, plus beau, plus grand, plus intelligent, plus libre et vivant dans un autre pays où l'on priait, où l'on dansait et où l'on chantait plus que dans le nôtre ?

Le tourment qui m'habitait, au premier abord ridicule et dérisoire, m'incitait néanmoins à lire de très près les Écritures saintes dans l'Espoir d'y dénicher quelques failles qui me permettraient de tenir tête à notre prêtre malgré tout l'amour que je lui vouais. Cela lui ferait plaisir de voir que je partais de ce livre pour comprendre le monde même si cette quête était au fond orientée sur ma propre identité et ce que représentait mon nom. Je ne pouvais déconcerter Papa Moupelo en m'appuyant sur ce livre qu'il connaissait sur le bout des doigts. Et puis, je lui devais du respect : il était notre autorité morale, le père spirituel de ces enfants qui, comme moi, n'avaient pas connu leur père biologique et avaient pour seule image de l'autorité paternelle dans le meilleur des cas ce prêtre, dans le pire, le directeur de l'orphelinat. Papa Moupelo symbolisait la tolérance, l'absolution et la rédemption tandis que Dieudonné Ngoulmoumako incarnait la fourberie et le mépris. L'affection que nous manifestions pour notre prêtre venait du fond de notre cœur et la seule récompense que nous espérions en retour était son doux regard qui nous redonnait du courage là où la mine renfrognée du directeur nous ramenait à notre condition d'enfants qui n'avaient pas eu la chance d'emprunter le chemin normal de l'existence. Les regards qui se posaient sur nous ne mentaient pas : aux yeux des Ponténégrins, « orphelinat » rimait avec prison, et on n'entrait dans une prison que parce qu'on avait commis un délit grave, voire un crime...

De toutes les questions que je me posais pendant cette période d'agitation intérieure qui marquait le début de ma crise d'adolescence, une seule revenait de jour comme de nuit et m'empêchait d'avaler ma salive comme si j'avais une arête dans la gorge : étais-je le seul *Tokumisa Nzambe po Mose yamoyindo abotami namboka ya Bakoko* au monde ? À la longueur de ce nom je pouvais répondre par l'affirmative et me réjouir d'être un gamin singulier. Or, Papa Moupelo fréquentait d'autres orphelinats à Pointe-Noire, à Tchimbamba ou à Ngoyo. Je ne pouvais me retenir de nourrir des doutes sur l'originalité de ce patronyme. Une certaine jalousie m'habitait rien qu'à l'idée de savoir que je pourrais n'être qu'un Moïse parmi des centaines ou des milliers d'autres et qu'ils étaient plus aimés que moi par Papa Moupelo.

Il était le seul à pouvoir me rassurer. Et comme nous étions au milieu de la semaine, j'avais hâte que le samedi arrive afin de lui poser ouvertement la question. Hélas, j'étais loin de penser qu'un fait inattendu allait chambouler le cours de notre existence dans ce coin perdu de la région du Kouilou. Je me serais attendu à tout, sauf à un tel retournement des choses.

Curieusement, et c'était cela qui m'alarmait le plus, Papa Moupelo non plus n'avait pas vu venir cet événement malgré sa proximité avec le ciel...

Bonaventure Kokolo, à cette époque âgé de treize ans comme moi, était dans tous ses états :

– C'est grave ! C'est très grave, Moïse !

Agacé d'entendre ce prénom de Moïse, je le repoussai d'un petit coup de coude et m'éloignai de quelques pas. Mais c'était sans compter avec son opiniâtreté de sangsue des marécages :

– Tu vas où, Moïse ? Je te dis que c'est très grave !

– C'est ce que tu dis à chaque fois, je te connais !

– Regarde bien les têtes que font les gardiens ! Ils nous cachent quelque chose ! Il faut pleurer dès maintenant parce que moi je dis que Papa Moupelo est mort !

Au moment où il libérait un sanglot, j'agitai mon poing fermé devant son visage :

– Si tu pleures je te mets ça dans la figure et tu te réveilleras plus loin là-bas, dans l'infirmerie !

– Mais il est mort ! Il n'y aura plus de catéchisme ici !

– Et il est mort comment, hein ?

– Par accident ! Tu verras, on va nous dire qu'il est parti habiter chez Dieu et qu'on nous a trouvé un autre Papa Moupelo !

Bonaventure était mon meilleur ami. Si j'étais plutôt introverti, ne dévoilant pas mes sentiments dans l'immédiat, lui était si bavard qu'il avait mérité le sur-

21

nom de « Mange-Coton », du nom de ces oiseaux qui rapportaient dans l'orphelinat des boules de coton grâce auxquelles ils bâtissaient leurs nids dans la toiture de notre dortoir.

Lorsqu'il ouvrait la bouche, les pensionnaires lui hurlaient en chœur :

– Tais-toi et va manger les cotons !

Il se rabattait vers moi :

– Tu vois, il n'y a que toi qui m'écoutes quand je dis les choses, les autres ils sont plus méchants que le directeur ! Est-ce que moi j'ai déjà menti une seule fois, hein ? Ce que je dis c'est ce qui arrive toujours !

Comme je ne réagissais pas, il me regardait droit dans les yeux :

– La fois passée quand j'ai rêvé qu'on mangeait de la viande, est-ce qu'on n'en a pas mangé à la cantine deux jours plus tard, hein ?

– Oui, on a mangé de la viande deux jours plus tard...

– Et quand j'avais rêvé que le directeur était malade, est-ce qu'il n'avait pas eu un œil enflé deux jours plus tard, hein ?

– Oui, il s'était fait mal lui-même avec la porte de son bureau...

– Alors pourquoi ils m'appellent Mange-Coton alors qu'ils sont même pas capables de rêver qu'on va manger de la viande ou que le directeur va avoir un œil au bœuf noir, hein ?

– Tu voulais dire « un œil au beurre noir » ?

– Non, je voulais dire ce que j'ai dit ! Tu as déjà vu du beurre noir, toi ?

– Bonaventure, tu parles trop ! Si tu n'arrêtes pas, moi aussi je vais te dire d'aller manger les cotons !...

22

Ce samedi-là donc, comme à l'accoutumée, vêtus tout de blanc, les filles d'un côté, les garçons de l'autre, nous étions dans la cour principale en train de guetter l'apparition de Papa Moupelo. J'avais cette fois-ci plus de raisons de l'attendre que les autres pensionnaires qui n'avaient en tête que l'ambiance festive que nous allions vivre dans le local du catéchisme.

Je ne souhaitais surtout pas que le prêtre devine mes intentions dès qu'il me verrait. Aussi, je m'exerçais à dominer ma respiration et me murmurais ce que je lui dirais lorsqu'il me prendrait à part pour me rappeler de prier et de remercier le Seigneur. Déjà il ne fallait pas que je croise son regard avant notre aparté sinon, influencé par son air jovial et paternel, je reporterais à la semaine suivante cette question essentielle que je devais lui poser pour la première fois.

Pendant que je songeais à l'attitude à adopter devant lui, certains garçons, pour tuer le temps, imitaient déjà le bruit du moteur tuberculeux de la 4L du prêtre tandis que d'autres simulaient de se garer et répétaient leur manœuvre cinq à six fois avant de lâcher :

– C'est parfait, la tête de la voiture regarde déjà vers la sortie !

Les filles, elles, se limitaient à esquisser les pas de la danse des Pygmées du Zaïre, prenant au sérieux les interdits liés à leur sexe dont nous autres les garçons savions qu'ils avaient été imaginés depuis la nuit des temps par les hommes afin d'écarter les femmes des petits plaisirs de la vie. Il leur était par exemple déconseillé de manger de la viande de boa pourtant très prisée dans le pays. Si néanmoins elles la consommaient, elles auraient des seins qui tomberaient jusqu'à leurs chevilles. Était-ce pour cela que nos petites camarades pensaient que si elles se mettaient au volant d'une voiture comme celle de Papa Moupelo elles auraient une barbichette de bouc et que leur sexe subirait une excroissance jusqu'à ressembler au nôtre ? En tout cas elles s'éloignaient de ceux qui jouaient aux chauffards et elles se touchaient discrètement la poitrine comme si même le fait d'avoir regardé pendant quelques secondes un garçon feindre la conduite d'un véhicule allait leur porter malheur.

Un peu en retrait, les gardiens Vieux Koukouba et Petit Vimba qui inquiétaient tant Bonaventure multipliaient les conciliabules, un comportement que nous n'avions jamais remarqué chez eux. Vieux Koukouba engueulait son jeune collègue :

– Tu arrêtes maintenant de montrer du doigt ce local sinon ils vont tout deviner et c'est à moi que le directeur s'en prendra !

Soudain, une grande agitation secoua l'assistance. Les gardiens se mirent au garde-à-vous comme s'ils étaient des militaires. Bonaventure et moi étions les derniers à orienter notre regard vers le bâtiment principal où Dieudonné Ngoulmoumako venait d'apparaître sur l'estrade avec derrière lui les six surveillants de couloir dont l'austérité des visages contrastait avec la mine décontractée que le directeur s'efforçait d'afficher.

Dieudonné Ngoulmoumako était un vieil homme chauve et gras de l'ethnie des Bembés, ce peuple connu pour régler à coups de canif n'importe lequel de ses différends, se nourrir de viande de chat depuis l'enfance et n'estimer la richesse d'un individu que par le nombre de porcs qu'il égorgeait pendant la fête du nouvel an ou les mariages et les retraits de deuils. Mais quelle ethnie n'était pas accusée de couver d'étranges habitudes ali-

24

mentaires dans le pays ? Les Lari, peuple de la région du Pool, étaient traités de mangeurs de chenilles ; les Vili, eux, dans la région du Kouilou, raffoleraient de la viande de requin, une réputation qu'ils devaient au fait d'être des côtiers ; les Tékés, présents dans plusieurs régions, ne se passeraient pas de la viande de chien pendant qu'au nord du pays, bon nombre d'ethnies se nourriraient de la viande de crocodile tout en considérant ce reptile comme un animal sacré.

– C'est pas normal qu'il nous sourie comme ça ! relança Bonaventure que j'entendais contenir des sanglots derrière moi.

Je me retournai vers lui :

– Si on nous fouette, je te jure que je te frapperai tout à l'heure dans le dortoir !

– Mais regarde comment il est, le directeur ! Il veut être gentil pour qu'on ne pleure pas quand il va annoncer que Papa Moupelo est mort ! Moi je veux pleurer maintenant, pas après ! Je veux être le premier parce que si je pleure après les autres comment on saura que moi aussi j'ai pleuré ?

Il avait raison dans une certaine mesure : bien que le directeur se fût départi de sa terrible chicote, laissant le mauvais rôle à ses surveillants, son apparente bonne humeur ne lui affectait pas pour autant une humanité. Il suffisait d'observer comment sa main droite trépidait pour comprendre qu'il manquait quelque chose entre ses doigts recroquevillés et tranchants telles les serres d'un aigle. Il avait beau l'enfouir dans sa poche et feindre de se gratter la cuisse, il la ressortait aussitôt par réflexe, et elle pendouillait, inefficace et ridicule le long de sa jambe.

Sa présence sur l'estrade relevait d'une mise en scène si médiocre que les ficelles se voyaient au moment où il communiquait avec les gardiens en face de lui par des clins d'œil maladroits que nous pouvions interpréter sans difficulté.

Les bouffons qui jouaient aux chauffards avaient interrompu leur petit spectacle et emprunté des airs d'enfants sages tout en ne quittant pas des yeux l'homme le plus craint de l'institution.

Cela prit à peine une dizaine de minutes pour que le directeur redevienne l'homme que nous connaissions et que nous détestions le plus au monde : le visage verrouillé à double tour, les mâchoires serrées et la moustache en deuil. De quoi aurions-nous eu peur puisqu'il était rare qu'il s'acharne sur nous le week-end pour ne pas avoir à supporter la morale que lui ferait Papa Moupelo qui, un jour, lui avait dit qu'à force de maltraiter les enfants il aurait à répondre de son attitude là-haut car il faisait du mal à ceux qui ressemblaient comme deux gouttes d'eau au Tout-Puissant ?

Dieudonné Ngoulmoumako s'apprêtait à faire une annonce, et Bonaventure n'avait jusque-là pas tort. C'était la première fois que notre prêtre avait plus d'une heure et demie de retard, presque la moitié du temps qu'il allait nous consacrer.

J'étais malgré cela confiant et ne baissais pas les bras : Papa Moupelo arriverait d'un moment à l'autre et il se débattrait pour se garer dans la cour principale sous nos applaudissements. Il porterait des boubous neufs sortis de sa malle en fer, comme il aimait à nous préciser, et c'était grâce à ce coffre métallisé qu'il les mettait à l'abri des cafards et des mites.

– Mes vêtements, je les protège bien ! Je les range dans une malle, je mets quelques boules de naphtaline dessus pour empêcher que les mites les gaspillent…

Il sentirait la naphtaline, cette odeur suffocante qui se mêlait à celle de notre transpiration. Si nous n'avions jamais repéré une seule mite dans le local du catéchisme c'était grâce à cette odeur qui ne quittait plus la pièce.

Oui, Papa Moupelo apparaîtrait d'un moment à l'autre et, comme si tout ceci n'avait été qu'un mauvais rêve de Bonaventure, il nous distribuerait des bouts de papiers avec des paroles de chansons anciennes, et nous l'entourerions, et nous battrions des mains, et nous chanterions jusqu'à perdre notre voix.

Mes illusions s'interrompirent quand Dieudonné Ngoulmoumako, d'un air solennel, commença à s'orienter vers le local de Papa Moupelo suivi des surveillants de couloir. Vieux Koukouba qui avait compris le clin d'œil de son patron le rattrapa, un marteau à la main. Petit Vimba était déjà à l'intérieur de la pièce d'où il sortit un volumineux carton qu'il poussait avec peine.

Bonaventure trouva une autre occasion de m'énerver :

– Moïse, c'est peut-être le cadavre de Papa Moupelo qui est dans ce gros carton !

– Kokolo, ne m'appelle pas Moïse…

– Et toi pourquoi tu m'appelles Kokolo alors que je n'aime pas ce nom ?

– Tu vois mon poing ? Tu le veux dans la figure ?

Nous redoutions de nous rapprocher de ce gros carton malgré la curiosité qui nous démangeait. Petit Vimba l'ouvrait à l'aide d'un cutter, ménageant avec exagération le suspense.

– Approchez ! Qu'est-ce que vous avez à rester comme ça à l'écart ? nous ordonna le directeur.

Nous avions alors découvert dans l'empaquetage des foulards rouges, et surtout une plaque sur laquelle on lisait :

LOCAL DU MOUVEMENT NATIONAL DES PIONNIERS
DE LA RÉVOLUTION SOCIALISTE DU CONGO

Affolé, Bonaventure me souffla :

– C'est ça la plaque qu'ils vont mettre sur la tombe de Papa Moupelo !

Le directeur, tel un maître de cérémonie débordé, glapissait des ordres à ses surveillants avant de désigner à Petit Vimba l'endroit où l'écriteau devait être fixé afin d'être lisible dès qu'on pénétrerait dans l'orphelinat. Puis c'était au tour de Vieux Koukouba de donner des coups de marteau car le directeur tenait à ce que ce soit le « doyen » de son personnel qui ait le privilège de fixer la plaque. Ce gardien que nous surnommions en cachette « l'Australopithèque » ressemblait à un vieux caméléon, avec son dos voûté et ses yeux qui s'orientaient à gauche et à droite sans pour autant qu'il ne bouge la tête.

Or Vieux Koukouba ne parvenait pas à enfoncer les clous qui tombaient chaque fois à ses pieds. Lorsqu'il se courbait et serrait les dents pour les ramasser, nous devinions par la peine qu'il éprouvait qu'il avait perdu depuis belle lurette ses cartilages de conjugaison.

Dieudonné Ngoulmoumako lui criait dessus :

– Qu'est-ce que tu fous, hein ?

Le vieillard se confondait en excuses :

– Patron, c'est la faute au soleil qui embête mes yeux. Au lieu de voir un seul clou j'en vois en fait quatre ou cinq et je ne sais plus sur lequel je frappe, mais je frappe quand même. En plus, le problème c'est que les clous d'aujourd'hui on dirait qu'ils sont plus petits que les clous d'autrefois avec lesquels on fabriquait les cercueils, et les cadavres eux-mêmes ne se plaignaient pas parce que ces clous...

— Tu veux encore me parler de la morgue de Pointe-Noire, ton ancien lieu de travail, c'est ça ? Eh bien, ne t'en fais pas, tu iras bientôt la rejoindre puisqu'elle te manque tant !

Nous ne comprenions pas ce que le directeur insinuait par ces propos, mais tout d'un coup Vieux Koukouba se redressa, ses yeux tournoyèrent pendant qu'il se concentrait pour enfoncer le seul clou qu'il avait pu ramasser par terre. Il mouilla d'abord avec de la salive l'endroit où il projetait d'enfoncer le clou et prit de l'élan, le marteau bien au-dessus de la tête. Hélas, il loupa une fois de plus sa cible...

Ulcéré, Dieudonné Ngoulmoumako lui retira le marteau des mains, se saisit lui-même d'un clou, donna d'abord un grand coup dont l'écho affola les trois cent trois pensionnaires, et même la colonie de mange-cotons perchée sur les filaos. Après une dizaine de coups, il recula de quelques pas, observa avec satisfaction la plaque désormais clouée contre la porte du local de Papa Moupelo. Il appela les surveillants de couloir qui l'entourèrent, et il leur murmura quelque chose. Les six hommes rivalisèrent d'empressement pour nous distribuer des foulards rouges et nous montrer comment nous devrions les porter autour du cou. Chacun de nous considérait le sien en pensant qu'il ressemblait au drapeau que les mêmes surveillants de couloir avaient accroché sur le mât un mois plus tôt et qui flottait au milieu de la cour avec des emblèmes qui nous intriguaient : deux palmes vertes encadrant une houe et un marteau jaune or croisés, le tout surmonté d'une étoile or à cinq branches.

– Moïse, donc Papa Moupelo n'est pas mort, alors ?
– Kokolo, tais-toi !!!

Regagnant l'estrade, toujours avec son escorte de surveillants, Dieudonné Ngoulmoumako prit des airs de grand orateur et nous expliqua que nous étions les bâtisseurs et les garants de la Révolution socialiste scientifique. Sur sa veste, « juste au-dessus de là où battait son cœur », comme disaient certains, une épinglette rouge brillait avec trois lettres : PCT. Il fallait bien se rapprocher pour lire, écrit en tout petit sous ces lettres : Parti congolais du travail…

Vers le milieu de son discours que nous applaudissions, forcés par les regards menaçants des surveillants de couloir, le directeur se démena pour nous dévoiler, la main posée sur son épinglette du PCT, ce que signifiaient ces emblèmes de notre drapeau répliqués sur nos foulards. Le rouge symbolisait la lutte menée pour l'indépendance de notre pays dans les années 1960 ; le vert, la nature foisonnante et luxuriante de nos campagnes ; le jaune, l'ensemble de nos richesses naturelles que l'Europe n'avait cessé de voler et de piller jusqu'à notre émancipation. Quant à la houe et au marteau, ils nous exhortaient au travail, à l'activité manuelle tandis que l'étoile jaune or nous rappelait la nécessité de regarder vers l'avenir et de traquer continuellement les ennemis de la Révolution, y compris ceux qui vivaient dans le pays, avaient la même couleur de peau que nous et qu'on qualifiait de « valets locaux de l'impérialisme ». D'après lui ils étaient les plus dangereux de nos adversaires car comment les détecter s'ils se fondaient dans la masse pour nous ronger de l'intérieur. Et dans l'orphelinat il y avait déjà des valets locaux de l'impérialisme.

Sa voix se fit plus paternelle, avec de temps à autre un gros chat dans la gorge :

– Oui, mes chers enfants, une époque nouvelle s'ouvre à nous, et c'est un arc-en-ciel libérateur venu tout droit de l'Union des républiques socialistes soviétiques ! Nous sommes comptables de ce que le Congo sera demain et après-demain, à défaut de régler les comptes avec ceux-là qui ont pendant longtemps marché sur notre dignité, piétiné nos dieux, violé nos femmes les plus belles et mis en captivité nos enfants les plus beaux, les plus vigoureux, les plus racés. Cette époque nouvelle vous appartient, mes enfants, et ne laissez pas les impérialistes et leurs valets locaux vous détourner de votre objectif. Ils savent comment nous endormir et nous ravir ce que nous possédons. Je ne me retiendrai pas de citer les paroles judicieuses de Jomo Kenyatta, le grand militant et président du Kenya, un pays frère : *Lorsque les Blancs sont venus en Afrique, nous avions les terres et ils avaient la Bible. Ils nous ont appris à prier les yeux fermés : lorsque nous les avons ouverts, les Blancs avaient la terre et nous la Bible.* En même temps, mes chers enfants, il faudrait que vous gardiez à l'esprit les mots de sagesse de notre propre président de la République, parce que lui aussi est un sage, parce que lui aussi a une boulimie jupitérienne de communiquer et de jeter des ponts, de promener tout le temps une lanterne qui éclaire dans le labyrinthe des esprits et des consciences. Vous vous demandez : « Mais qu'est-ce que la Révolution ? » Oui, qu'est-ce que la Révolution, hein ? La Révolution se fait au quotidien en modifiant nos habitudes et en restant vigilants face à l'ingéniosité de l'impérialisme et ses valets locaux. Pour autant, le président de la République a été clair là-dessus : Révolution et socialisme scientifique ne doivent pas nous

31

griser au point de trouver en eux une vertu magique. Ils doivent seulement stimuler et orienter notre action et non constituer des talismans bienfaisants. Le développement de notre pays, la transformation de notre vie dans tous les domaines ne dépendent nullement de la surenchère révolutionnaire, mais de notre action patiente, courageuse et raisonnée. Se transformer harmonieusement sans se transfigurer faussement, évoluer et progresser sans se dépersonnaliser, voilà le but que nous devons poursuivre pour permettre à la Révolution congolaise, déjà si captivante par son dynamisme juvénile, de garder son originalité devenue légendaire au sein du vaste mouvement irréversible de la Révolution mondiale qui est incompatible avec le sommeil que la religion nous a imposé jusqu'à présent...

Nous écoutions le directeur d'une oreille, l'autre tendue vers la porte d'entrée de l'orphelinat car nous nous demandions toujours ce qu'était devenu notre Papa Moupelo puisqu'il ne prononçait même pas son nom comme s'il n'avait jamais existé.

À la fin du discours, les applaudissements prirent au moins dix minutes avant que les surveillants de couloir nous obligent à nous disperser. Certains comme Bonaventure et moi-même s'orientèrent vers la bibliothèque pour faire les devoirs de la semaine suivante. D'autres se ruèrent dans l'aire de jeux, derrière le bâtiment central. Les filles gagnèrent leur édifice où les attendaient la gouvernante Makila Mabé et ses cinq collègues, Marianne Kinkosso, Justine Batalébé, Pierrette Moukila, Célestine Bouanga et Henriette Mayalama, toutes des Bembées embauchées par Dieudonné Ngoulmoumako.

Notre dortoir était un espace si immense que parfois pour aller discuter avec un pensionnaire ou l'autre il nous fallait marcher à grands pas, et il n'avait jamais été aussi bruyant que le soir de cette annonce de la Révolution. Constitué de vingt « blocs » numérotés et comptant chacun une dizaine de lits parfois superposés, parfois disposés les uns à côté des autres avec un petit espace entre eux comme c'était le cas pour Bonaventure et moi, nous avions l'impression de vivre dans un grand quartier animé où le moindre fait du jour était décortiqué sans fin durant la nuit.

Les spéculations sur l'absence de Papa Moupelo se répandirent donc d'un bout à l'autre du dortoir et nourrirent les échanges les plus vifs dans les vingt blocs. Le prêtre, disait-on, avait regagné son Zaïre natal où les croyants le prenaient pour un envoyé du ciel alors qu'il n'avait pas une grosse barbe poivrée comme celle des vrais prophètes de la Bible. Il aurait, dans l'ivresse de cet accueil triomphal, bâti une église en planches d'okoumé grâce aux cotisations de la population et à l'aide financière du président Mobutu Sese Seko Kuku Ngbendu Wa Za Banga qui, d'après ces mêmes rumeurs, se déplaçait avec une canne et portait un chapeau en peau de léopard quand il ne jetait pas ses opposants dans le fleuve Congo ou ne les faisait pas fusiller et enterrer dans un stade. Làbas, les paralytiques retrouvaient leurs jambes dès que Papa Moupelo leur criait « Levez-vous et marchez ! » ; les femmes stériles accouchaient de jumeaux tandis que les hommes impuissants se réveillaient le matin avec leur chose-là bien dressée qui dépassait leur nombril. En gros Papa Moupelo était allé dans un monde plus tolérant que le nôtre et où il pouvait faire des miracles alors qu'il ne pouvait les réaliser chez nous à cause de l'incrédulité du directeur et de ses surveillants de couloir. C'est sur cette note d'espérance que nous nous endormîmes, certains rêvant que Papa Moupelo était désormais habillé tout de blanc, avec des ailes qui lui permettaient de se rendre au paradis, d'autres comme moi le voyant déjà assis à la droite de Dieu.

★

Les jours qui suivirent, lorsque nous passions devant cet ancien local de Papa Moupelo le cœur lourd de chagrin et de regrets, nous imaginions que nos ombres devenues orphelines continuaient à chanter à l'intérieur, à battre des mains et à danser au rythme des Pygmées du Zaïre. Sauf que nous avions du mal à nous représenter le prêtre en train de s'amuser avec elles. L'odeur de naphtaline était encore plus prégnante, certainement parce qu'elle était enfouie en nous, ou alors parce que nous ne pouvions repenser à Papa Moupelo sans nous dire que ses vêtements étaient rangés dans une malle en fer et protégés par ce produit qui repoussait ou éliminait toutes sortes d'insectes.

Plus les semaines s'écoulaient, plus les mots précieux que nous avions mémorisés grâce à notre prêtre s'effaçaient, de même que les airs de ses chansons qui nous donnaient le courage de commencer la semaine à l'école…

Le directeur avait mobilisé ses réseaux pour que ses neveux Mfoumbou Ngoulmoumako, Bissoulou Ngoulmoumako et Dongo-Dongo Ngoulmoumako suivent une formation idéologique à Pointe-Noire et deviennent par la suite les chefs de la section du Mouvement national des pionniers de notre orphelinat. Ils restaient cependant sous le contrôle de leur oncle paternel et surtout de deux membres de l'UJSC, l'Union de la jeunesse socialiste congolaise qualifiée de « pépinière » du Parti congolais du travail parce que c'était dans cette organisation que le gouvernement repérait les jeunes qui allaient un jour occuper des responsabilités politiques dans le pays. Les trois neveux du directeur étaient ainsi promus à un avenir radieux, ce qui agaçait les trois autres neveux de la branche maternelle, Mpassi, Moutété et Mvoumbi qui, eux, ne bougeaient pas de leurs fonctions de surveillants de couloir alors qu'ils rêvaient d'être aussi des chefs de section du Mouvement national des pionniers de l'orphelinat. Ils se défoulaient sur nous à défaut de manifester leur mécontentement auprès de leur oncle. Celui-ci avait clairement privilégié la ligne paternelle au lieu de procéder à un mélange qui aurait pu calmer les esprits. Mpassi, Moutété et Mvoumbi considéraient qu'ils étaient devenus les subalternes des autres neveux du directeur, et nous nous délections de cette ambiance orageuse entre les surveillants de couloir qui parfois étaient sur le point d'en venir aux mains avant que le directeur n'intervienne et menace de les remplacer par des nordistes – ce qui était suffisant pour qu'ils reprennent leurs esprits…

Ce n'était pas donné à n'importe qui de devenir un des dirigeants d'une section de l'UJSC. Le gouvernement devait passer au peigne fin les dossiers, et il tenait compte de l'appartenance ethnique des candidats. Comme les nordistes étaient au pouvoir – en particulier les Mbochis –, les responsables de l'UJSC étaient eux aussi des Mbochis, un groupe ethnique qui représentait à peine 3,5 pour cent de la population nationale. C'était dire que Dieudonné Ngoulmoumako avait bataillé pour imposer ses trois neveux qui n'étaient ni nordistes, ni mbochis, mais sudistes et bembés. Il n'avait eu en fait que partiellement gain de cause puisque même si les responsables politiques de la région du Kouilou avaient accepté sa requête, ils lui avaient proposé de couper la poire en deux : ses neveux seraient des chefs de section, mais sous le contrôle de deux nordistes, Oyo Ngoki et Mokélé Mbembé, qui rendraient des comptes à la section nationale pendant un congrès annuel à Brazzaville auquel assistait le président de la République en personne.

– Les deux vieux nordistes qui viennent chaque semaine nous conscientiser, pourquoi ils sont des membres de l'Union de la jeunesse alors qu'ils ne sont pas jeunes et ont des cheveux plus blancs que la farine de manioc ?

Bonaventure n'arrêtait pas de me pousser à bout. Oyo Ngoki et Mokélé Mbembé étaient en effet des adultes qui avaient l'air de n'avoir pas eu de jeunesse avec leur costume sombre et leurs lunettes de myopie. Soit ils nous parlaient comme si on avait deux ou trois ans, soit ils utilisaient leur langage à eux qu'ils avaient appris l'un à Moscou, l'autre en Roumanie. Mfoumbou Ngoulmoumako, Bissoulou Ngoulmoumako et Dongo-Dongo Ngoulmoumako imitaient leur façon de parler, utilisant les mêmes expressions qu'ils ne comprenaient pas car à chaque phrase nous avions droit à ce mot de « dialectique » ou à l'adverbe « dialectiquement » :

– Il faut voir le problème de manière dialectique, disait Bissoulou Ngoulmoumako.

– Dialectiquement parlant, c'est l'impérialisme et ses valets locaux qui ont écrit notre histoire, nous devons renverser les choses car la superstructure ne devrait pas l'emporter sur l'infrastructure, renchérissait Dongo-Dongo.

Nous nous souvenions pourtant que ces trois anciens surveillants de couloir n'étaient que des gaillards sans intelligence avant la Révolution. Or le directeur leur avait donné un bureau près du sien au premier étage. Ils s'enfermaient à l'intérieur pour préparer *L'Éveil du pionnier*, un journal de propagande qu'ils collaient au mur du local du Mouvement national des pionniers de la Révolution chaque lundi matin. Nous devions lire cette publication avant d'entrer dans les salles de classe.

En fait Mfoumbou Ngoulmoumako, Bissoulou Ngoulmoumako et Dongo-Dongo Ngoulmoumako ne faisaient que reproduire des extraits du discours du président de la République que leur rapportaient les nordistes Oyo Ngoki et Mokélé Mbembé. Chaque numéro contenait cependant un éditorial du directeur adressé avec zèle au président de la République. Dieudonné Ngoulmoumako s'appliquait, persuadé que le chef de l'État allait le lire le lundi matin avant de réunir son gouvernement pour lui jeter des fleurs. C'était ainsi qu'il racontait dans les colonnes de cet hebdomadaire que le président de la République était invincible et qu'il nous avait été envoyé par nos ancêtres bantous. Sa geste était une des plus extraordinaires du continent noir car pendant son adolescence, son premier acte de bravoure fut d'attraper un crocodile par la queue au bord du fleuve Kouyou, de l'endormir par une gifle et de le ramener vivant chez grand-mère Maman Bowoulé afin que celle-ci nourrisse le village entier avec cette viande. Pendant que notre futur président devenait la terreur des crocodiles qui n'osaient plus sortir de l'eau pour respirer sur la rive à cause de la présence permanente du gamin surdoué dans les parages, ses camarades réussissaient à peine à capturer des rats palmistes dans les champs de leurs parents ou à chasser des moineaux à l'aide des lance-pierres qui n'auraient même pas cassé la patte à une mouche tsé-tsé. Notre président avait ainsi, dès son bas âge, le souci de la communauté et le sens du sacrifice. Il discutait avec les gorilles des montagnes, protégeait les éléphants contre les braconniers et parlait la langue des Pygmées qu'il n'avait pourtant jamais apprise.

Son deuxième acte de bravoure aurait eu lieu pendant la guerre ethnique entre les nordistes et les sudistes, une guerre que les premiers remportèrent grâce à l'intelligence précoce de ce gamin qui avait conseillé au chef des combattants de sa région de se déguiser en vieille dame et de le prendre par la main comme s'il était son petit-fils. Ils traversèrent le front et parvinrent dans le camp des sudistes où, en éliminant leur chef Ngutu Ya Mpangala et son lieutenant Nkodia Nkouata, ils provoquèrent une débandade qui tourna à l'humiliation lorsque les sudistes apprirent le lendemain qu'ils avaient en fait été vaincus par une vieille dame édentée accompagnée de son petit-fils et que les deux ne possédaient aucune arme à feu. Devant un tel exploit et l'intelligence dans l'art de la guerre dont faisait preuve cet adolescent, le chef d'Ombélé, le village où vivait ce prodige, décida de l'envoyer à l'école militaire de Brazzaville. Il fut par la suite affecté en République centrafricaine, se retrouva au Cameroun avec le grade de sergent et participa alors à la guerre que les Français livraient contre les Camerounais. Lorsque notre pays devint indépendant, il fut envoyé en Europe pour parfaire ses études militaires avant de revenir au bercail avec le grade de sous-lieutenant et la hargne d'un jeune loup qui voulait changer les choses le plus vite possible. Il ne supportait pas la direction qu'avait prise le gouvernement en place et, alors âgé de vingt-huit ans seulement, il fut à l'initiative du renversement politique qui allait le porter au pouvoir.

Dans ses éditoriaux, Dieudonné Ngoulmoumako soulignait en gras qu'il ne s'agissait pas d'un « coup d'État » comme le rapportaient certains livres écrits par les Européens, connus pour être les premiers ennemis de notre Révolution parce que nous avions réclamé notre indépendance et que, lorsqu'ils tardaient à nous l'accorder, nous avions versé notre sang pour notre libération. Le président avait ainsi une mission de libération, et il l'avait remplie avec courage et abnégation. En créant le Parti congolais du travail, l'Union de la jeunesse socialiste congolaise et le Mouvement national des pionniers, il ne faisait qu'écouter ce que lui soufflaient nos ancêtres pendant son sommeil. L'époque où il parcourait des kilomètres et des kilomètres à pied avec comme nourriture un morceau de manioc et une petite viande de crocodile fumée était bien derrière lui.

D'après Dieudonné Ngoulmoumako, le président était l'équivalent de Jésus-Christ car il portait, lui aussi, sur ses épaules les péchés que le peuple congolais avait commis depuis la nuit des temps…

Je me rappelle que c'était grâce au premier numéro de *L'Éveil du pionnier* que nous avions eu la confirmation que le gouvernement avait pris la décision d'interdire la religion dans les établissements publics du pays, y compris dans les orphelinats, et que la décision était immédiate car les ennemis de la Révolution étaient très rapides dans leur volonté de saper notre marche vers le futur. Le même gouvernement avait décrété que l'enseignement du marxisme-léninisme devait être la priorité du pays. Quand nous cherchions à saisir en quoi Papa Moupelo pouvait être indésirable puisqu'il n'était pas dans la politique, le journal spécifiait que c'était parce qu'il était un des complices des impérialistes et que ceux-ci utilisaient souvent les prêtres pour affaiblir notre jeune Révolution socialiste scientifique. Nous ne savions pas qui de Mfoumbou Ngoulmoumako, Bissoulou Ngoulmoumako et Dongo-Dongo Ngoulmoumako avait caricaturé notre prêtre, le montrant habillé en magicien de l'enfer en train d'hypnotiser son public avec une légende écrite en gras : *La religion est l'opium du peuple.*

Il était clair que Mfoumbou Ngoulmoumako, Bissoulou Ngoulmoumako et Dongo-Dongo Ngoulmoumako étaient incapables de tenir un tel journal avec une expression aussi éloquente et intelligente. La plupart des articles étaient conçus et rédigés par Oyo Ngoki et Mokélé Mbembé, ces deux « vieux-jeunes » qui étaient probablement aussi les nègres de Dieudonné Ngoulmoumako.

De leur côté, la centaine de filles de l'orphelinat recevaient désormais dans leur bâtiment Mme Maboké qui s'exprimait au nom de la Première Dame, présidente de l'Union révolutionnaire des femmes du Congo (URFC).

Mme Maboké n'avait que le nom de l'épouse du président dans la bouche, et elle disait aux filles combien la Première Dame était sensible à leur situation. Certaines fois elle arrivait avec une armée de vieilles mamans qui apprenaient à nos petites camarades les bases de la cuisine avec des ustensiles minuscules censés convenir à l'âge de ces filles. D'autres fois c'étaient des jeunes filles qui débarquaient pour leur montrer les secrets des tresses et de la manucure. L'orphelinat était alors en alerte car, depuis les différents blocs de notre dortoir, nous nous précipitions vers les fenêtres pour apercevoir ces « gazelles de Pointe-Noire » comme nous les appelions, vêtues de pantalons moulants, avec leurs talons aiguilles, leur pagne bien serré autour des reins et leur derrière qui crépitait comme des graines de maïs sur de l'huile de palme brûlante. Elles déambulaient dans la cour et nous saluaient de loin avant que n'apparaissent les hargneux Mpassi, Mvoumbi et Moutété, hostiles à la bienveillance de ces Ponténégrines à notre égard alors que celles-ci les regardaient à peine.

Nous aurions aimé être des petites souris pour nous rendre en cachette dans le bâtiment des filles et voir ce que les gazelles de Pointe-Noire leur enseignaient. En tout cas nos camarades pensionnaires de l'autre sexe exhibaient des sourires – peut-être aussi pour nous signifier qu'elles étaient plus heureuses que nous –, et nous entendions l'écho de leurs rires ou des applaudissements dont nous ne comprenions pas trop la cause mais que nous accompagnions à notre tour depuis notre bâtiment, juste dans le but de leur montrer que nous enviions leur bonheur et que nous aurions, nous aussi, aimé être des filles comme elles à ces instants de joie.

Deux heures plus tard, les gazelles de Pointe-Noire retraversaient la cour, nous cherchaient du regard parce qu'elles souhaitaient nous remercier d'avoir applaudi même si nous n'avions rien vu, mais nous n'osions pas braver les trois surveillants de couloir qui étaient planqués quelque part non pas pour nous surveiller mais pour mieux scruter les derrières de ces créatures. Nous entendions alors avec regret le bruit d'un moteur moins tuberculeux que celui du véhicule de Papa Moupelo : c'était la voiture de Mme Maboké qui, à aucun ins-tant, ne détournait les yeux de ces jeunes adhérentes de l'Union révolutionnaire des femmes du Congo qui avaient pour mission d'aller d'orphelinat en orphelinat pour assurer la bonne éducation des filles…

En fait, jusqu'à cette année où la Révolution nous était tombée dessus comme une pluie que même nos féticheurs les plus glorifiés n'avaient vue venir, je croyais que l'orphelinat de Loango n'était pas une institution pour les enfants mineurs sans parents, ou maltraités, ou encore nés de famille en difficulté, mais plutôt une école pour surdoués. Bonaventure était plus lucide, lui qui disait que cet établissement était un endroit où on avait regroupé des mômes dont personne ne voulait parce que lorsqu'on aime quelqu'un, lorsqu'on veut de quelqu'un, on le sort, on se promène avec lui, on ne l'enferme pas dans un ancien bâtiment comme s'il était en captivité. Il pouvait le dire en se fondant sur son propre itinéraire et sur le fait qu'il ne comprenait pas qu'une mère comme la sienne, encore vivante, le laisse là, au milieu de ces garçons et de ces filles qui avaient eu chacun « un problème très grave » dont la seule issue était leur admission à Loango.

Dans mon esprit, à Loango nous suivions des études pour être au-dessus de la plupart des enfants du Congo. C'était Dieudonné Ngoulmoumako qui nous le laissait croire. Il se vantait alors de diriger un des établissements publics dont les résultats scolaires n'avaient rien à envier aux écoles primaires, aux collèges ou aux lycées du pays. De même bombait-il les pectoraux lorsqu'il clamait que les maîtres et les professeurs de Loango gagnaient plus que leurs collègues de l'école primaire Charles-Miningou, du collège Roger-Kimangou, et même du lycée Pauline-Kengué, le plus prestigieux de Pointe-Noire. Il se gardait d'avouer que si ces enseignants étaient mieux payés ce n'était pas grâce à la charité du président de la République. Les fonds de fonctionnement de l'orphelinat et les payes des intervenants provenaient des descendants de l'ancien royaume de Loango qui souhaitaient ainsi montrer que leur monarchie existait encore, du moins de façon symbolique et par la générosité de ses héritiers. Cependant, dans ma perception, notre orphelinat était détaché du Congo, voire du reste du monde. Puisque l'école était à l'intérieur, nous ne savions rien des agglomérations environnantes comme celles de Mabindou, de Poumba, de Loubou, de Tchiyèndi, ou de notre capitale économique, Pointe-Noire, dont on parlait comme si c'était la Terre promise qu'évoquait autrefois Papa Moupelo.

La localité de Loango n'était pourtant située qu'à une vingtaine de kilomètres de Pointe-Noire, et d'après M. Doukou Daka, notre professeur d'histoire, elle fut jadis la capitale du royaume de Loango que les ancêtres de l'ethnie vili et d'autres du sud du pays avaient fondé au xve siècle. C'était depuis cet endroit que leurs descendants avaient été soumis en esclavage. M. Doukou Daka se révoltait contre les Blancs qui avaient pris nos hommes les plus forts, nos femmes les plus belles et les avaient entassés dans les cales des navires pour un voyage funeste jusque sur les terres américaines où ils étaient des esclaves marqués au fer rouge, certains avec des jambes coupées, d'autres avec un seul bras parce qu'ils avaient tenté de s'enfuir même s'il leur était impossible de retrouver le chemin de leur village.

M. Doukou Daka se retournait, baissait la voix et regardait vers la fenêtre comme s'il craignait que quelqu'un d'autre que nous l'entende, et il nous confiait alors, d'un air dépité, que beaucoup de riches commerçants de Loango avaient participé à ce trafic et envoyaient leurs fils dans une région de France, en Bretagne, où ils étudiaient les secrets de ce négoce.

– Vous voyez, murmurait-il, nous avons parfois été vendus par les nôtres, et si un jour vous croisez un Noir américain, dites-vous qu'il pourrait être un membre de votre famille !

Il avait l'air d'en vouloir aux Vili, surtout que lui-même était yombé, une ethnie méprisée par ceux-là qui la considéraient comme une tribu de barbares de la forêt du Mayombe. Les Vili et les Yombés, pourtant majoritaires dans la région du Kouilou, s'accusaient mutuellement d'être les responsables du malheur subi par nos ancêtres.

Nous étions choqués lorsque M. Doukou Daka lâchait, les bras le long du corps comme pour mieux souligner son dépit :

– En plus, ces Vili prenaient en esclavage les gens de mon ethnie et les vendaient à d'autres royaumes à côté ! Alors, qu'on ne vienne pas me raconter que c'était à cause des Blancs qu'ils avaient appris les ficelles de l'esclavage ! Les Blancs n'étaient pas encore chez nous en ce temps-là, point barre !

Puis, pour ne pas trop assombrir l'atmosphère, parce que nous étions abasourdis d'apprendre que des Noirs vendaient des Noirs, il nous disait de prendre conscience que nous vivions dans un lieu chargé d'Histoire, que l'ancien palais du roi vili Mâ Loango n'était qu'à moins de deux kilomètres de l'orphelinat, à Diosso, et qu'il avait été transformé en musée que certains d'entre nous auraient la chance de visiter dans les années à venir s'ils réussissaient leur brevet d'études moyennes générales.

Pendant ce temps, dans la cour de récréation, s'apercevant que la plupart des enfants ne parlaient plus que de Pointe-Noire, ville à la fois féerique et mystérieuse à nos yeux et vantée par M. Doukou Daka qui en était originaire, les surveillants de couloir nous avertissaient, afin de nous ôter toute tentation de nous enfuir vers ce paradis, que pour notre intérêt nous avions été éloignés des gamins de la capitale économique et que nous étions dans une île, la plus belle au monde. Si nous nous échappions de là nous finirions dans la mer, avalés par les requins les plus affamés de l'océan Atlantique. Ils ajoutaient que ces requins étaient des esprits maléfiques dont la méchanceté meurtrière était attisée par les sorciers de Pointe-Noire. Sinon pourquoi les corps qu'on découvrait à la Côte sauvage étaient-ils ceux des mineurs ? La tragédie se déroulait de la même manière : la future victime se retrouvait en face de Mami Wata, une créature mi-femme mi-poisson qui surgissait de la mer, la poitrine dénudée, avec des cheveux en or qui lui tombaient sur les épaules et des yeux aussi clairs que la lumière du jour en plein midi. Cette femme souriait à l'enfant, lui ouvrait ses bras. Quand ce dernier allait vers elle en hurlant « Maman ! Maman ! », elle éclatait de rire, et l'écho de son rire provoquait la colère des vagues qui dépassaient soudain la hauteur des immeubles les plus élevés de la ville tandis que la femme-poisson se transformait brusquement en requin tenace et entraînait le pauvre rejeton dans les profondeurs marines.

La population dirait le lendemain que c'était Nzinga, l'aïeule du royaume Kongo, qui avait repris la vie de l'infortuné alors que tout cela était l'œuvre de quelques sorcières de Pointe-Noire qui avaient porté le masque de celle de qui nous descendions tous afin de lui imputer la responsabilité de la tragédie. Les surveillants de couloir profitaient de ce moment où le doute et la peur s'installaient en nous pour préciser que lorsqu'un gosse disparaissait à la Côte sauvage on disait toujours qu'il avait été mangé par un requin envoyé par l'aïeule Nzinga même si son corps avait été retrouvé deux jours après, sans une seule égratignure, vomi par la mer qui n'en voulait pas.

M. Doukou Daka rigolait de ces histoires qui ne tenaient pas debout car, nous demandait-il, pourquoi notre aïeule Nzinga nous précipiterait-elle dans le ventre de l'océan alors qu'elle était notre mère à tous, celle qui avait donné naissance au grand royaume Kongo ? Pourquoi s'en prendrait-elle aux enfants alors qu'elle-même en avait eu trois : les jumeaux N'vita Numi et Mpaânzu a Nimi et une fille, Lukeni Lwa Nimi ? Si elle ne les avait pas eus nous n'aurions pas connu le peuple kongo, et donc notre pays n'aurait pas existé, concluait-il…

Nous n'avions pas été surpris de voir que Dieudonné Ngoulmoumako avait fait rayer M. Doukou Daka des effectifs des enseignants de Loango pour le renvoyer dans sa ville de Pointe-Noire qu'il semblait bien aimer. Le directeur avait expliqué à sa hiérarchie, dans un long courrier, que notre professeur d'histoire n'était qu'un imposteur qui incitait les enfants à s'enfuir de l'orphelinat et leur enseignait la haine contre les Vili en répandant l'idée que ceux-ci avaient collaboré avec les Blancs pendant la traite négrière et que les Noirs vendaient aussi d'autres Noirs. Comme la Direction de l'inspection des écoles et la Direction régionale des enseignements primaire et secondaire étaient dirigées par des Vili, Dieudonné Ngoulmoumako n'eut pas beaucoup de peine à obtenir la tête de M. Doukou Daka qui fut envoyé dans une école de Mpaka, un quartier périphérique de Pointe-Noire. Un autre professeur d'histoire, M. Montoir, le remplaça. Il était blanc et nous enseignait plutôt l'histoire de France dans laquelle nous ne retrouvions plus les mêmes personnages que ceux que nous décrivait M. Doukou Daka. Il n'y avait plus de royaume Kongo, il n'y avait plus de royaume Loango, et nous n'entendions plus parler de Vili, de Tékés, de Yombés, encore moins de notre aïeule Nzinga et ses enfants N'vita Numi, Mpaânzu a Nimi et Lukeni Lwa Nimi. C'était d'ailleurs la première fois que beaucoup d'entre nous voyaient de près un Blanc alors que nous pensions que les individus de cette couleur étaient des impérialistes qui travaillaient avec les valets locaux pour empêcher la bonne marche de notre Révolution. Le directeur comprit notre trouble et nous dit un jour pendant son discours quotidien avant la levée des couleurs et en présence de M. Montoir qui rougissait :

— Ce Blanc n'est pas un impérialiste, il est l'exception qui confirme la règle et, au moins, ce qu'il vous enseignera vous rendra plus intelligents que les petits Blancs de France parce que cet imbécile de Doukou Daka n'était qu'un imposteur, et je me demande encore où il avait obtenu son diplôme ! Applaudissez ce Blanc !!!

Le directeur recevait de plus en plus de membres du Parti congolais du travail, et nous devions montrer l'exemple devant eux. Quand ces « gens d'en haut » prévoyaient de visiter nos classes, il devenait irascible, hurlait que si nous nous comportions comme ces gamins de Pointe-Noire qui nous fascinaient tant et qui n'avaient pas de respect pour le drapeau national et les représentants du Parti, nous subirions une punition qui resterait gravée dans nos mémoires jusqu'à la fin de nos jours.

Il nous préparait donc à ces visites, nous dictant comment nous tenir devant ses hôtes. Bien sûr nous n'espérions pas que ces membres du Parti, coincés et guindés à la différence de Papa Moupelo, nous feraient danser ou chanter dans le local du Mouvement national des pionniers. Puisque ces hommes du PCT ne parlaient pas le lingala, nous nous demandions s'ils comprenaient réellement ce qu'ils disaient dans leur français truffé d'adverbes et de participes présents. Leur choix de vocabulaire se portait sur les mots les plus longs que nous appelions les « gros mots ». *Anticonstitutionnellement* était leur mot préféré ou encore *intergouvernementalisation*, un mot que le Premier ministre fut le premier à utiliser parce que jusqu'alors les ministres travaillaient chacun dans leur coin et qu'il fallait désormais dialoguer entre les ministères. En revanche, c'était le Secrétaire du Parti congolais du travail, le camarade Oba Ambochi, qui, pour houspiller les impérialistes et leurs valets locaux, soutenait qu'ils étaient constipés par la réussite de notre Révolution et souffraient désormais de l'*apopathodiaphulatophobie*.

Nous nous alignions devant le drapeau rouge et écoutions ces discours si apprêtés et boursouflés que certains d'entre nous souffraient le lendemain de céphalées. Comme à l'époque de Papa Moupelo, nous employions dans notre sommeil les mêmes mots alambiqués que ces membres du Parti. Sauf que pour la première fois, même dans les songes où pourtant le rêveur pourrait soulever des montagnes, enjamber l'Amazonie ou le fleuve Congo ou boire toute l'eau de l'océan Atlantique en quelques minutes chrono, il lui était impossible de prononcer d'une seule traite le mot *apopathodiaphulatophobie*…

★

Nous portions des bracelets avec nos noms dessus – il m'en fallait un autour de chaque bras à cause de la longueur de mon nom. Regroupés par dix, nous exécutions des tâches « communautaires » le dimanche, et puisque cette même année où la Révolution entra dans l'orphelinat le président de la République la décréta « Année de l'arbre » en plantant lui-même à l'entrée du palais du Peuple un corossolier devant les caméras de la télévision nationale, nous devions nous aussi, après Dieudonné Ngoulmoumako, planter un corossolier derrière le bâtiment central, ce qui interpellait Bonaventure :

– C'est la journée de tous les arbres ou seulement du corossolier ?

– Kokolo !

– Tu m'as encore appelé Kokolo ! C'est pas du tout gentil, ça !

Ceux qui balayaient la cour le dimanche étaient en général les pensionnaires qui n'avaient pas récité convenablement le dernier discours du président. Mais Dieudonné Ngoulmoumako pouvait décider de donner un balai à celui qui ne baissait pas le regard devant le personnel ou les membres du Parti. Il enfermait les récalcitrants dans ce local de la Révolution qui n'était devenu qu'un cachot pour les contraindre à apprendre les obligations des pionniers de la Révolution socialiste scientifique, avec cette lourde porte métallique et ce petit trou par lequel on leur glissait de la nourriture avariée. Ces « prisonniers de la Révolution » – qu'il fallait distinguer des « pionniers de la Révolution », plus droits, plus formatés et plus obéissants – n'avaient d'autre choix que d'écouter en permanence la voix chevrotante du président de la République grâce à une radiocassette que le gouvernement avait fournie aux institutions comme la nôtre et qui dépendaient désormais du ministère de la Famille et de l'Enfance…

*

Nous étions trois cent trois pensionnaires, en réalité trois cent trois perroquets avec des connaissances dont nous ne percevions pas dans l'immédiat l'intérêt. Nous n'avions que ça à faire : étudier par cœur des choses qui nous seraient, disait-on, d'une grande utilité dès que pour nous autres les garçons la barbe pousserait sous notre menton ; et pour les filles les seins seraient aussi lourds que des papayes mûres tandis que leur derrière tournerait la tête aux hommes…

C'était, j'en suis sûr, la peur de se retrouver comme prisonniers de la Révolution qui nous poussait soudain à nous rappeler avec exactitude que notre pays était à cheval sur l'équateur, qu'il avait une superficie de trois cent quarante-deux mille kilomètres carrés, que les nations les plus proches de nous étaient le Gabon, l'Angola, le Cameroun, la République centrafricaine ou encore le Zaïre avec qui nous avons en commun le fleuve Congo. Et nous devrions aussi nous rappeler qu'avant l'arrivée des colonisateurs espagnols et notre christianisation, plusieurs de ces pays voisins formaient avec le nôtre un vaste territoire, le royaume de Kongo, et que c'était une femme courageuse et dévouée appelée Nzinga, mère de trois enfants, deux garçons jumeaux et une fille, qui était notre aïeule.

Avec la Révolution j'avais donc vite fait de retourner ma veste et de devenir celui qui récitait sans trébucher les discours du président de la République pendant le cours de conscientisation. Ces membres du Parti qui nous visitaient me félicitaient, et c'était pour cela que Dieudonné Ngoulmoumako me mettait au premier rang et me demandait de lever le doigt pour poser telle ou telle question qu'il avait préparée et qui en général était destinée à faire son éloge et à montrer comment il avait su nous mettre sur le chemin de la Révolution.

J'étais imbattable en particulier lorsqu'il fallait déclamer ce mémorable discours dans lequel le président rendait hommage aux travailleurs, et surtout aux femmes de notre pays. Il disait en ce temps-là :

« Elles sont là dès les premières heures de la journée, avec tous leurs enfants et même leurs tout petits

enfants. Elles transforment la nature, elles créent, elles travaillent pour la production. Il y a aussi quelques hommes affairés pour la même besogne et tous ici, dans notre capitale, font bien partie de la paysannerie pauvre qui est la couche la plus importante de notre société. Je me suis rendu compte qu'il y a une grande différence entre ce que je veux et ce que j'obtiens, entre ce que je dis et ce qui se fait réellement ou concrètement. Je me suis rendu compte et je me rends de plus en plus compte qu'il risque d'exister un vide entre les directives et l'exécution, entre la théorie et la pratique... »

Que comprenions-nous à ces envolées et à celles que nous débitait le directeur qui avait l'art de mélanger ses propos avec ceux du président de la République ? Je savais maintenant comment flatter son orgueil. Il suffisait que je déclame son dernier éditorial dans *L'Éveil du pionnier* pour le voir sourire, opiner de la tête tout au long de cette récitation et m'offrir un stylo Bic, ce qui était en soi un événement quand on savait qu'il n'avait pas le cœur sur la main.

Parfois, et je le savais, Bonaventure jouait à l'idiot afin de mieux se payer la tête de la plupart des pensionnaires, y compris la mienne. C'était le cas lorsqu'il me suppliait de lui réexpliquer la leçon que nous avions apprise en classe.

– Tu crois qu'il a raison, M. Ngoubili, quand il dit que si deux verbes se suivent il faut que le second se mette à l'infinitif ?

– C'est comme ça, c'est la règle ! lui répondais-je quelque peu surpris par la question alors que nous avions étudié cette leçon depuis plus de dix jours.

– Et si on ne respecte pas cette règle qu'est-ce qui va se passer ?

– Eh bien les gens vont parler et écrire n'importe comment et ils ne vont jamais se comprendre…

– Oui, mais s'il y a quatre, six ou dix verbes qui se suivent on fait comment pour accorder tout ça ? Parce que M. Ngoubili n'a parlé que de deux verbes !

– Pourquoi veux-tu que quatre, six ou dix verbes se suivent comme s'ils n'avaient rien d'autre à faire ? Tu as déjà vu ça où dans ce monde ?

Il se caressait alors le menton, avec l'air de quelqu'un qui réfléchissait intensément. J'aimais bien sa peau très noire et sans taches et ce menton avec une fossette qui se creusait encore plus lorsqu'il était de bonne humeur. Son visage maigre et osseux était compensé par une stature plutôt robuste qui aurait fait peur à n'importe quel garçon qui lui chercherait noise. Mais il n'était en réalité qu'un colosse aux pieds d'argile.

– Plusieurs verbes peuvent se suivre si par exemple on est en train de faire dix choses à la fois et…

– Faire quoi par exemple ?

– Manger, boire, faire pipi, dormir, se réveiller, se brosser les dents, ouvrir la fenêtre et…

– C'est pas possible de faire tout ça à la fois, fais déjà chaque chose bien…

– C'était qu'un exemple et toi tu m'engueules comme les autres parce que tu crois que tu es plus intelligent que moi ! Tu veux me taper toi aussi ? Tu veux que je me couche déjà par terre pour t'aider ?

– Non, je ne te taperai pas, et je ne t'ai jamais tapé, tu le sais ! Nous sommes des frères, et moi je ne suis pas comme ces méchants qui jouent au foot maintenant et qui tout à l'heure vont chercher à te faire du mal…

Bonaventure savait qui était sa mère. Celle-ci venait à l'époque à Loango, même si on ne la voyait plus à partir de la Révolution sans que cela semble pour autant affecter son fils.

Zacharie Kokolo, son père biologique dont il portait le nom, avait disparu au moment de l'annonce de la grossesse. Il était un fonctionnaire de la Société nationale d'électricité et de distribution d'eau, la SNEDE. C'était d'ailleurs lui qui avait traficoté les cadrans des compteurs d'eau et d'électricité de la mère de mon ami afin que celle-ci ne paie jamais sa consommation pendant des années et des années ou ne débourse qu'une somme dérisoire avec laquelle on pouvait à peine s'acheter un sachet d'eau au Grand Marché de Pointe-Noire. Il se livrait à ce trafic dans la ville entière moyennant une somme que lui versaient les Ponténégrins. Il n'avait rien à craindre puisqu'il était de mèche avec certains responsables de la SNEDE. La mère de Bonaventure aurait été une cliente comme une autre si Zacharie Kokolo n'avait pas eu une idée derrière la tête au point de réussir à convaincre la pauvre femme qu'il la prendrait comme seconde épouse. Il lui rendait donc visite le vendredi et le samedi en début d'après-midi et ne rentrait chez lui que vers le coup de six heures du soir, à Loandjili, à l'autre bout de Pointe-Noire, où l'attendaient son épouse et ses quatre enfants.

L'autre homme de la mère de Bonaventure se nommait Mbwa Mabé. Les habitants de Voungou l'appelaient « le titulaire du poste » et il débarquait souvent trois heures plus tard après une longue et épuisante journée de travail comme routier entre la localité de Tchibamba et la frontière de notre pays avec l'Angola. Si on l'avait surnommé « le titulaire du poste », c'était parce qu'il était là bien avant le fonctionnaire Zacharie Kokolo et qu'on ne le croisait pas souvent à cause de sa profession.

D'un côté, le routier Mbwa Mabé était célibataire, sans enfant, ne voulait ni du mariage ni d'une quelconque descendance et disparaissait dans l'arrière-pays pour ne revenir qu'un ou deux mois plus tard.

De l'autre côté, Zacharie Kokolo qui avait une vraie sécurité d'emploi à la SNEDE repoussait aux calendes grecques sa promesse de s'engager, et donc de dire aux yeux de tous que la mère de Bonaventure serait sa seconde épouse. Et cette dernière avait compris que, comme beaucoup de femmes de Pointe-Noire qui s'étaient résolues à se contenter du maigre espace que leur laissait l'homme marié qu'elles fréquentaient, elle resterait toute sa vie la roue de secours du fonctionnaire et qu'elle n'aurait aucun moyen d'obliger celui-ci à changer d'avis. Sauf peut-être si un enfant venait à naître de cette union de l'arrière-case où le fonctionnaire, soucieux de garder une réputation qui était pourtant bien écornée à cause de ses activités illicites, guettait quand même à gauche et à droite avant d'entrer ou de ressortir du domicile de la mère de Bonaventure.

Lorsqu'elle tomba enceinte le doute s'empara d'elle. En calculant les périodes de ses règles et celle de sa fécondité, tout convergeait vers le fonctionnaire de la SNEDE car Mbwa Mabé s'était absenté plus de soixante jours de Pointe-Noire pour former les routiers d'un riche commerçant qui venait d'acquérir trois camions Isuzu. Zacharie Kokolo était au courant de l'existence du « titulaire du poste », et quand la mère de Bonaventure lui démontra qu'il était impossible que l'autre soit le père de l'enfant, il ne rouspéta pas et fit semblant d'adopter une attitude responsable dans le genre « Eh bien, ma chérie, ça devait arriver un jour, et je ne comprends pas pourquoi les gens sont désemparés. C'est notre enfant, je prendrai soin de lui comme pour les autres, tu ne devrais pas t'inquiéter… »

Or, à la grande surprise de la mère de Bonaventure, le fonctionnaire disparut de la circulation. Avait-il pris conscience que s'il continuait à fréquenter sa maîtresse, l'affaire arriverait jusqu'aux oreilles de son épouse qui, jusque-là, s'imaginait que même si son homme la trompait, il ne pousserait pas le culot jusqu'à lui faire un enfant dans le dos ? Combien de fois la mère de Bonaventure ne s'était-elle pas pointée devant les bureaux de la SNEDE dans l'espoir de le croiser et d'entendre de sa bouche la vraie explication de cette lâcheté ? Elle était bloquée à l'accueil, et on lui répétait que le fonctionnaire était occupé, qu'il la recontacterait.

Deux mois plus tard, vexée par cette désertion, elle revint à l'accueil de la compagnie et menaça de porter l'affaire au tribunal. Devant les gens de la sécurité qui s'apprêtaient à la refouler, elle souleva son pagne et leur montra ce ventre qui s'arrondissait de façon précoce. C'était après cette scène que tout le personnel de la compagnie commentait que Zacharie Kokolo décida de passer à la vitesse supérieure. Il avait le bras long et il voulait qu'on le sache. Il commença par utiliser ses réseaux pour retourner les choses et dénoncer son ex-maîtresse auprès de la SNEDE. La société lui envoya en moins de quarante-huit heures des factures d'eau et d'électricité de plusieurs années à payer dans un délai de soixante jours. Elle la traîna par la suite en justice deux mois avant la naissance de Bonaventure en soutenant que c'était elle-même qui avait trafiqué les compteurs d'eau et d'électricité.

La salle d'audience était pleine à craquer comme s'il s'agissait d'un procès en assises. Pour la plupart, c'étaient les habitants de Voungou qui étaient là non pas pour soutenir la prévenue mais pour savoir comment le tribunal allait juger ce délit puisque beaucoup d'entre eux avaient également fait trafiquer leurs compteurs par l'entremise de Zacharie Kokolo ou d'autres agents de la SNEDE certainement présents dans la salle.

La compagnie nationale eut gain de cause. Mais, au regard de la situation de la mère de Bonaventure dont le ventre était au bord de l'explosion, la SNEDE renonça à porter l'affaire au pénal et se contenta de réclamer la réparation des dommages que la compagnie avait subis.

La mère de Bonaventure passa ainsi de la lumière éblouissante à la nuit la plus noire ; des ampoules à la lampe-tempête, de l'eau de robinet à celle qu'elle devait maintenant recueillir dans la rivière et bouillir pour qu'elle soit saine et potable.

À la naissance de son fils, elle décida de le nommer Bonaventure Kokolo parce qu'au fond elle avait toujours été amoureuse du fonctionnaire et elle trouvait normal que l'enfant porte le nom de son vrai père, que celui-ci le veuille ou non, qu'il soit présent ou absent.

« Le titulaire du poste » avait rompu tout contact avec la mère de Bonaventure et sillonnait les routes de l'arrière-pays au volant des Isuzu de ce riche commerçant qui avait fini par l'embaucher et lui fournir un logement à Tchibamba où peut-être il s'était enfin marié et songeait à avoir des enfants.

Après deux mois pendant lesquels la jeune maman ne voyait pas comment s'en sortir seule avec Bonaventure, une de ses cousines lui parla du « Bembé » qui dirigeait l'orphelinat de Loango et qu'il suffisait qu'elle s'exprime en bembé, une langue qu'elle parlait bien même si elle était dondo, pour que le directeur donne une suite favorable à sa demande.

Quand la jeune mère débarqua avec Bonaventure dans ses bras à la porte d'entrée de l'institution, j'étais déjà là depuis une semaine, et nous étions âgés de deux mois tous les deux…

*

Je comprenais l'agacement de Bonaventure lorsque je l'appelais Kokolo, mais avais-je le droit de l'appeler autrement que par ce nom que sa mère avait déclaré à l'état civil et qui, en plus, correspondait au patronyme de son vrai géniteur ?

Malgré mes efforts pour l'appeler « Bonaventure », c'était le patronyme de Kokolo qui sortait de ma bouche. Quand il était content – surtout les jours où il y avait de la viande de bœuf aux haricots à la cantine –, il n'était plus aussi boudeur. Je lisais même une certaine fierté sur son visage, la fierté d'être le fils d'un fonctionnaire même si celui-ci n'avait été qu'un lâche. Bonaventure se vantait alors que son papa était riche, possédait des terrains et des maisons à Pointe-Noire. Puis, soudain son visage s'assombrissait, la fossette de son menton se refermait. Je savais alors qu'il fulminait une rage contre cet homme qui, comme je le lui avais souvent répété, d'un seul claquement des mains l'aurait tiré de cet orphelinat et lui aurait donné un autre destin.

Repoussant son assiette, il me peignait maintenant un être froid, profiteur et friand de jeunes femmes. Ces paroles semblaient sortir plutôt de la bouche de sa mère qui noircissait le portrait de cet individu chaque fois qu'elle parlait de lui à son fils. Autrement comment Bonaventure aurait pu être au courant des agissements d'un être qu'il n'avait jamais vu et qu'il croyait le plus égoïste, le plus méprisant, mais le plus riche de la terre ?

★

Entre Bonaventure et moi c'était l'amitié du paralytique et de l'aveugle. Il marchait pour moi, je voyais pour lui, et quelquefois c'était le contraire. Dès que je ne le voyais pas, je le cherchais partout. Je commençais d'abord par l'aire de jeux, je passais par l'entrepôt, puis j'arrivais derrière l'ancien local du catéchisme pour le trouver là, assis par terre, remuant la tête tel un petit margouillat. À l'aide d'un bâtonnet, il dessinait par terre un avion dont il prédisait que c'était celui qui atterrirait

Puisque Bonaventure me posait encore des questions sur Papa Moupelo, je lui fis comprendre qu'il faudrait bien qu'un jour nous nous habituions à cette situation et que, de toute façon, nous devrions jouer le jeu de la Révolution, et donc apprendre les discours du président de la République à la place des prières et des danses des nordistes et des Pygmées du Zaïre.

— Je ne veux pas de leur Révolution, je veux revoir Papa Moupelo ! boudait-il.

Un après-midi, alors que nous étions dans l'aire de jeux, bien à l'écart des garçons qui jouaient au football, un sport pour lequel ni lui ni moi n'étions doués, je le dévisageais, peut-être avec un peu plus d'insistance que d'habitude car il m'inspirait de la pitié et semblait plus affecté que moi par l'absence de Papa Moupelo.

— C'est très grave ? s'alarma-t-il.

— Je me disais que toi tu as de la chance parce que tu as au moins une maman que tu connais et…

— Ne me parle pas d'elle, Moïse !

Au fond, Bonaventure n'était pas un garçon exécrable. Sans doute était-il un peu trop sensible et avait souvent caché cette nature qui aurait pourtant pu changer le regard négatif que beaucoup portaient sur lui. Il avait tout pour ne pas être avec nous à Loango, et je ne cessais de me demander s'il n'était pas possible que son père biologique vienne le reprendre même s'il avait maintenant treize ans et qu'il y aurait un temps où les deux seraient contraints d'apprendre à se connaître et où le père devrait formuler des excuses à son rejeton.

Bonaventure Kokolo était arrivé à Loango la même année que moi et, ayant grandi ensemble, ayant été chouchoutés par la femme de ménage Sabine Niangui, nous nous asseyions côte à côte en classe, de même que pendant les leçons de catéchisme où, lorsqu'il était absent pour une fièvre ou une diarrhée – c'étaient les deux principales maladies qui le handicapaient –, Papa Moupelo s'inquiétait auprès de moi comme si j'étais le seul dans les vingt blocs du dortoir et parmi les deux cent un autres garçons à pouvoir donner des nouvelles de mon petit camarade.

Je lui répondais que Bonaventure s'était rendu à l'infirmerie, qu'il se reposait dans son lit et que Sabine Niangui veillait sur lui.

Rassuré, Papa Moupelo plaisantait :

– Il a intérêt à bien boire ses médicaments car je ne voudrais pas qu'il nous pollue l'air avec sa diarrhée !

J'ignore ce qui me poussait à croire que j'étais de loin son aîné et que j'avais de ce fait le devoir de le protéger, voire de hausser le ton lorsqu'il le fallait. Peut-être à cause de sa couardise car, dès qu'un pensionnaire menaçait de le boxer, il s'étalait d'avance par terre et fermait les yeux afin de ne pas voir venir les coups. J'intervenais alors pour le tirer de cette position humiliante et lui rappelais qu'il devait montrer au moins une seule fois aux autres qu'il était capable d'être méchant ou de jouer au malin même avec les plus forts et les plus tenaces de l'orphelinat. Il n'ignorait pas que si à mon apparition ses agresseurs interrompaient leurs brimades à son encontre c'était parce qu'ils se remémoraient comment je m'étais vengé contre les jumeaux Songi-Songi et Tala-Tala, ces caïds qui terrifiaient les vingts blocs du dortoir. Ils avaient eu la mauvaise idée de piquer le matelas de Bonaventure pour le remplacer par celui de Songi-Songi qui avait renversé de la sauce de pâte d'arachide à l'huile de palme sur le sien et craignait les représailles des surveillants de couloir. Bonaventure dénonça l'affaire auprès du directeur et les jumeaux vécurent le plus mauvais quart d'heure de leur vie car ils furent frappés à la fois par le gardien Petit Vimba, les surveillants Mpassi, Moutété et Mvoumbi dans le bureau du directeur, ce qui signifiait que c'était une faute très lourde. Les jumeaux avaient attendu une semaine, le temps que leur infortune disparaisse de l'esprit des pensionnaires, et ils passèrent à l'action. Ils battirent Bonaventure dans l'aire de jeux, devant une dizaine de garçons qui poussaient des cris de joie au lieu d'alerter les surveillants de couloir. Moi aussi j'avais attendu une semaine après cette humiliation pour subtiliser de la poudre de petits piments dans le réfectoire et venger l'honneur de mon ami sans que lui-même soit au courant.

Bonaventure et moi avions nos lits au bloc 4 avec huit autres camarades qui dormaient comme des loirs cette nuit où je me levai sur la pointe des pieds pour me rendre jusqu'au bloc 6 où je répandis cette poudre de petits piments dans la nourriture que ces gloutons de jumeaux mettaient de côté sous leurs lits superposés et mangeaient vers minuit ou une heure du matin. Je savais où ils la cachaient et il m'était très facile de m'étaler par terre juste devant leur bloc, de tendre mon bras droit, d'ouvrir le couvercle de l'assiette en plastique et de répandre tous mes petits piments à l'intérieur.

À deux heures du matin je dormais d'un seul œil et ricanais sous mes draps lorsqu'ils faillirent en venir aux mains.

– C'est toi qui as pimenté cette nourriture comme ça ? Y a tellement de piment que je ne sens même plus le goût de la viande d'antilope !

– Ah non, c'est toi !

– C'est pas moi, c'est toi !

Avant le premier chant de coq et les gazouillis des mange-cotons, les jumeaux se relayèrent dans les toilettes, dérangeant tout le dortoir. La nuit suivante fut la plus terrible : ils souffrirent de la dysenterie, restèrent alités, et c'est le surveillant Mvoumbi et non Sabine Niangui qui leur apportait des médicaments…

S'attaquer à ces deux durs à cuire était en soi un exploit, même si je l'avais fait derrière leur dos. Mais j'étais conscient que le boomerang me reviendrait à la figure. Songi-Songi et Tala-Tala n'étaient pas n'importe qui. De quatre ans mes aînés, ils venaient d'un petit orphelinat de Pointe-Noire, transférés à Loango dans le but de leur donner, disait-on, une éducation exemplaire et de leur permettre de se réinsérer dans la société. Chez nous, à la différence de cette institution qui se contentait d'attendre que des couples viennent adopter les enfants, les jumeaux bénéficieraient d'une bonne scolarité. Mais comme ils étaient récalcitrants, défiaient sans relâche l'autorité du directeur et des surveillants de couloir, il ne se passait pas un jour sans qu'ils soient punis ou humiliés en face de tout le monde comme lorsqu'on les attachait tels des chiens au pied d'un filao et qu'on les laissait là même par temps de pluie.

Le directeur disait :

– Comme ça ils vont comprendre que la vie c'est pas le goudron !

Il faisait ainsi référence à la route goudronnée qui partait de Loango jusqu'à Pointe-Noire et qui, selon lui, était synonyme de conduite agréable. En fait le directeur nous incitait à détester ces gamins, et donc nous encourageait sans le dire clairement à les rosser à la moindre occasion. C'était lui-même qui avait toléré que les surveillants de couloir, en particulier Mvoumbi et Mpassi, racontent ici et là que les jumeaux avaient été transférés à Loango après une bagarre au cours de laquelle ils avaient crevé l'œil d'un garçon plus âgé qu'eux – mais qui des deux l'avait crevé puisque la victime avait des doutes et que les deux frères assumaient leur acte sans pour autant dévoiler celui qui l'avait perpétré ? Ce malheureux garçon leur devait de la nourriture, et moi je ne comprenais pas qu'on puisse devoir de la nourriture à quelqu'un comme si c'était de l'argent et que cela finisse d'une façon aussi dramatique. Or Songi-Songi et Tala-Tala allaient plus loin car ils menaçaient à mort leurs camarades qui n'avaient pour autre solution que de leur promettre leur repas du lendemain et celui du surlendemain au point que certains d'entre eux ne mangeaient pas pendant deux ou trois jours. Grâce peut-être à leur taille – ils nous dépassaient au moins de deux têtes et demie – et à leur passé de bandits précoces, ils s'imposèrent d'emblée comme nos chefs de blocs et nous accoutumèrent à certaines habitudes des gamins de Pointe-Noire. Ils fouillaient dans les poubelles de l'orphelinat, dénichaient des mégots de cigarettes jetés ici et là par le personnel, surtout le directeur et les surveillants de couloir qui se débarrassaient presque de la moitié de leur cigarette pour en allumer aussitôt une autre. Nous étions devenus, nous aussi, des petits fumeurs, monnayant auprès de Songi-Songi et Tala-Tala notre nourriture contre ces mégots qui nous excitaient tellement que nous riions comme des hyènes. C'était d'ailleurs la première fois que j'avalais de la fumée, que je toussotais et avais le sentiment que j'allais régurgiter mes poumons. Je recherchais en vain ce qui poussait le directeur et les gardiens à aimer cette drogue, à la consommer sans être incommodés alors que je suffoquais, que je sentais du feu dans mon thorax. Les jumeaux nous apprirent les attitudes des grandes personnes en train de fumer : la tête devait être un peu en biais, l'œil droit à moitié fermé, la cigarette entre l'index et le majeur, le bout du filtre à peine calé entre les lèvres. Il fallait prendre son temps entre deux bouffées, faire semblant de discuter à grands gestes avec les autres.

Non, je n'étais pas en guerre permanente contre les jumeaux. Au contraire ils m'appréciaient parce que je savais me taire et qu'au fond ils étaient certains qu'à la différence de Bonaventure, je ne dénoncerais pas leurs agissements auprès des surveillants de couloir. Et puis, s'ils souhaitaient que je leur récite le dernier discours du président de la République pour qu'ils l'apprennent et n'aient pas à s'accrocher une fois de plus avec le directeur, je le faisais rien que pour eux, pour leur plaisir, la voix monocorde, le menton bien haut. Je pouvais alors garder ma nourriture ou avoir une ration supplémentaire qu'ils avaient prise chez un autre pensionnaire. C'était ma récompense parce que je n'avais pas bronché lorsqu'ils s'étaient payé ma tête pendant que je m'évertuais à ressembler au chef de l'État, à imiter ses tics et à me courber un peu afin d'être aussi petit que lui. Je n'aimais pas cette situation car je ressemblais à un pingouin avec ma chemise blanche et mon coupé noir. Et puis, comme les jumeaux avaient trouvé leur petit jeu et leur acteur, il suffisait qu'ils me pointent du doigt pour que je démarre au quart de tour sans comprendre pourquoi ils éclataient de rire alors que ce que je récitais n'avait rien de risible. Droit comme un *i*, je continuais, imperturbable :

– Le président de la République et chef du Parti congolais du travail a dit devant les délégations des fédérations des dirigeants de la Confédération syndicale congolaise : *Qu'importe que le chef soit du Nord ou du Sud. Aucune région ne peut prétendre se suffire à elle-même, aucune tribu ne peut vivre isolée. L'inter-dépendance des tribus et des régions constituera la nation congolaise que nous voulons indivisible. Seule l'unité nationale dans le travail, dans la démocratie et dans la paix peut assurer à notre peuple des victoires certaines sur l'impérialisme et le sous-développement...*

★

En déversant des petits piments dans la nourriture des jumeaux je savais que cela pouvait me coûter un œil. Alors que j'avais fait tout cela pour lui, Bonaventure éprouvait tellement de compassion pour eux que je n'avais plus la conscience tranquille.

– Moïse, c'est grave, c'est très grave ! Ils sont très malades, ils vont mourir ! Quelqu'un les a empoisonnés et ils ont une diarrhée plus grave que celle que moi j'ai souvent ! Il faut faire quelque chose, je ne veux pas qu'ils meurent ! C'est pas une diarrhée normale !

Il avait en tête une liste de coupables et accusait le personnel de l'établissement, surtout le directeur qui ne cachait pas son mécontentement d'avoir ces deux frères dans son orphelinat et qui tempêtait parfois :

– On m'a envoyé des siamois délinquants parce que j'ai la main plus ferme et que je saurai les remettre sur le droit chemin, mais ils ont déjà été mal éduqués ailleurs ! On confond mon orphelinat avec un établissement pénitentiaire, et je me retrouve avec des voyous de cette engeance ! Ces deux-là n'ont pas leur place ici ! Ils ont ramené leurs mauvaises mœurs de Pointe-Noire à Loango !

Une fois qu'ils s'étaient rétablis, Tala-Tala m'aborda alors que je me dirigeais vers les douches communes :

– Tu es content de toi ? me demanda-t-il.

– Content pourquoi ?

– Ah, tu crois que je n'ai rien vu ? Tu le sais bien ! Et c'est pour ça que tu baisses les yeux ! Regarde-moi et dis-moi que tu n'as rien à voir avec notre diarrhée !

Comme je ne relevais pas la tête, il conclut :

– Tout ce que tu fais, que ce soit de jour comme de nuit, mon frère et moi on le voit en rêve ! C'est pas parce que tu es venu dans cette maison bien avant nous qu'on va te respecter. Et puis, on s'en fout de Sabine Niangui qui te protège comme si elle était ta mère, on va lui donner une correction comme ça tu ne reprendras plus tes bêtises !

– Non, pas Sabine, laissez-la tranquille !

– Alors pourquoi tu as mis ces piments dans notre nourriture, hein ?

– Bonaventure n'est pas un mauvais garçon, et depuis que vous êtes arrivés ici, il ne respire plus, vous le battez devant tout le monde et il est quand même un peu mon frère et…

Il était plutôt très conciliant à ma grande surprise :

– Songi-Songi est d'accord pour qu'on laisse passer ça, on ne touchera pas à ton petit peureux, mais tu dois te racheter parce que nous on a quand même souffert pendant des jours...

– Me racheter ? Je n'ai rien fait de grave et...

– Moïse, je suis gentil pour l'instant...

– En plus je...

– Ne me cherche pas trop, Moïse... Tu connais mon frère Songi-Songi, il ne sera pas gentil quand je vais lui apprendre que tu refuses de nous aider alors qu'on a failli mourir à cause de tes petits piments...

Sachant d'avance quel était le tempérament de Tala-Tala, je capitulai, avec en tête l'image du coupe-coupe qu'il avait essayé de faire entrer dans l'orphelinat. L'outil avait été saisi par le gardien Mvoumbi grâce à Louyindoula qui avait vendu la mèche. C'était peu dire que ce pensionnaire ne les aimait pas du tout, et sa détestation provenait de loin. Louyindoula avait lui-même des petites sœurs jumelles et, à la naissance de celles-ci, il avait constaté comment ses parents n'avaient plus d'yeux que pour les deux petites fées. Il boudait dans son coin, fulminait sa rage et sa jalousie jusqu'au jour où on l'avait surpris, alors qu'il n'avait que quatre ans, en train d'essayer d'asphyxier ses deux sœurs pendant leur sommeil. Quatre mois après, il mordit griè-vement le gros orteil gauche d'une jumelle et le pouce de l'autre. On devait le surveiller en permanence car ses gros yeux rouges et sa tête macrocéphale se prê-taient bien au profil des criminels qui semaient la ter-reur dans les rues de Pointe-Noire. Le père décida de l'inscrire à l'orphelinat de Loango, espérant qu'avec le temps, en grandissant au milieu d'autres garçons, il apprendrait à être plus sociable et moins jaloux. Mal-heureusement il arriva à Loango la même année que Songi-Songi et Tala-Tala, et ces deux garçons lui rap-pelaient sa propre situation. La guerre qu'ils allaient se livrer dans le dortoir était sans pitié, mais les jumeaux l'emportaient toujours.

Tala-Tala me coupa dans mes pensées.

– Donc, pour qu'on efface ce que tu as fait, tu dois travailler pour nous…

– C'est quoi le travail ?

– Louyindoula a encore piqué le savon Monganga et la pâte dentifrice de mon frère. Tu iras le voir, tu t'arrangeras pour l'emmener derrière l'entrepôt où nous lui donnerons une bonne correction parce qu'on en a marre, et ça commence à trop durer…

Les jumeaux avaient déjà des muscles bien dessinés et quelque duvet sur la lèvre supérieure. Il m'était souvent difficile de les distinguer. Je devais examiner de plus près leur visage pour constater que Songi-Songi – né quelques minutes avant – avait une petite tache noire dans le blanc de l'œil droit et que Tala-Tala l'avait dans le blanc de l'œil gauche. À chaque fois j'inversais les choses, me disant que la tache noire de Songi-Songi était dans son œil gauche et celle de Tala-Tala dans son œil droit alors que c'était le contraire. À quoi d'ailleurs cela servait-il de les distinguer si les deux ne se quittaient pas et portaient des habits identiques ?

C'était donc pour Bonaventure que j'avais pris le risque d'être le complice des jumeaux dans leur expédition contre Louyindoula. S'ils avaient réussi à le coincer près de l'entrepôt à l'autre bout du bâtiment principal c'était parce que j'avais servi d'appât, persuadant Louyindoula de me suivre à cet endroit où je lui avais promis qu'il verrait quelque chose d'extraordinaire, quelque chose qu'il n'avait jamais vu de sa vie et dont il fallait qu'il garde le secret. Curieux, il jura de ne rien dire à personne et me suivit sans hésiter. Parvenus derrière l'entrepôt, Songi-Songi et Tala-Tala étaient déjà là avec chacun entre les mains un bout de bois. Ils bondirent sur le pauvre Louyindoula qu'ils frappèrent sous mes yeux pendant que je feignais d'être surpris par ce guet-apens afin de ne pas subir plus tard les foudres de l'infortuné qui criait au secours de toutes ses forces et me demandait d'intervenir, de « faire quelque chose ». Hélas, qui pouvait l'entendre alors que ses cris étaient noyés par la clameur provenant de l'aire de jeux où se déroulait un match de football suivi par Vieux Koukouba et Petit Vimba et arbitré par trois des surveillants de couloir ?

Louyindoula ne pouvait pas dénoncer les jumeaux, autrement ceux-ci allaient s'en prendre à lui tous les jours. Il était conscient comme nous que même les gardiens et les surveillants, et dans une certaine mesure le directeur, redoutaient ces deux frères depuis l'épisode du coupe-coupe découvert sous le lit de Tala-Tala. Qu'avaient-ils voulu faire avec cet outil – ou plutôt, cette arme ? Le directeur expliqua qu'ils ourdissaient un plan d'évasion comme dans un film interdit aux mineurs et qu'ils avaient néanmoins vu au cinéma Rex et dans lequel un individu avait réussi à s'échapper de la prison de l'île d'Alcatraz, la plus surveillée des États-Unis. Avec ses deux complices, ils avaient creusé chacun un trou dans leur cellule et réussi à filer sur un radeau gonflable qu'ils avaient fabriqué. Le directeur précisa cependant que ce n'était pas pour creuser que les jumeaux avaient fait entrer le coupe-coupe dans son orphelinat : c'était parce qu'ils projetaient de prendre en otage un surveillant ou un gardien et qu'ils allaient menacer de lui trancher la gorge si quelqu'un s'interposait au moment de leur fuite.

Je me revois allongé avec des boutons de fièvre autour de la bouche et un rhume qui m'empêche de respirer. Les pensionnaires sont tous à l'école, les plus petits dans les deux bâtiments derrière l'entrepôt où nous rangions les outils de bricolage, les plus grands dans celui situé près du réfectoire.

Je sens une étrange présence dans la pièce, comme si quelqu'un s'amusait à m'épier. Bonaventure me jouait souvent ce genre de tours où, pour m'épouvanter, il se cachait quelque part, bondissait soudain dans mon lit en poussant un cri de fauve enragé. Il était arrivé qu'il réussisse son coup et que la peur s'empare de moi, que je hurle au secours de toutes mes forces et provoque une agitation dans la plupart des blocs avant que nous nous mettions à en rigoler.

Je sors la tête de mon drap afin de prendre Bonaventure à son propre jeu malgré mon état de santé. La surprise est plutôt agréable : c'est Sabine Niangui. Elle est là, debout, et tient un verre d'eau dans la main droite, un comprimé d'aspirine dans l'autre. Je promène mes yeux sur les cheveux gris qui lui poussent sur les côtés. Ses grosses lunettes de myopie m'intimident, et pourtant je les admire et elles me donnent l'impression que Niangui a passé sa jeunesse à lire des livres écrits en plus petits caractères que la Bible et qui ont à la longue détruit sa vision. Comme elle, je voudrais lire et lire encore des livres écrits en plus petits caractères que ceux que je lis à la bibliothèque de l'orphelinat, et tant pis si mes yeux en souffrent et que je finis par porter de grosses lunettes comme elle...

Elle vient de poser le verre d'eau par terre et s'est assise sur mon lit. Elle dit que depuis le départ de Papa Moupelo une page de notre orphelinat a été arrachée. Elle a les yeux humides lorsqu'elle me confie :

– Le directeur aurait pu le maintenir ici, il ne faisait de mal à personne... Dieudonné Ngoulmoumako m'a déjà humiliée il y a des années en faisant de moi celle que je suis aujourd'hui à vos yeux. Si j'avais le choix j'aurais abandonné ce travail...

Elle se tait un moment car elle vient de se rendre compte que je ne comprends pas ce qu'elle veut dire par là.

Elle se racle la gorge et poursuit :

– Je ne sais pas pourquoi je t'ouvre mon cœur aujourd'hui alors que j'aurais dû le faire depuis des années... Je te connais plus que tu ne me connais, et d'ailleurs est-ce que tu me connais vraiment ? Je suis très touchée que tu n'aies jamais eu la curiosité de me poser des questions sur ma vie. Pour toi je ne suis sans doute qu'un des meubles de ce bâtiment, une femme que tu as vue depuis que tu es venu au monde et dont tu penses qu'elle restera là jusqu'à la fin de sa vie...

Elle essuie la buée qui envahit ses lunettes :

– Disons que je vis seule dans un quartier de la périphérie de Pointe-Noire, non loin du cimetière Mongo-Kamba, à dix kilomètres d'ici. Quand je ne peux me payer le transport, je quitte mon domicile à quatre heures du matin pour être à l'heure. Des kilomètres et des kilomètres pendant lesquels je marche sur le bord de la voie goudronnée et les yeux baissés, je revis ce temps où j'avais été embauchée dans cet orphelinat alors dirigé par des religieux blancs. Oh, c'était la belle époque, mon petit Moïse ! Rien à voir avec aujourd'hui où l'on mélange politique et éducation des enfants et où l'on considère que les orphelinats sont des laboratoires de la Révolution, et vous autres les cobayes sur lesquels ils font leurs expériences ! Oui, à l'époque il n'y avait pas cette Révolution, et on se portait mieux ! J'étais jeune, j'étais belle, mais étais-je heureuse, hein ? Qui peut dire ce qu'est le bonheur ? Tu le peux, toi ?

Je pense tout bas que pour moi le bonheur serait de me réveiller le lendemain en bonne santé et de lui dire enfin merci, un mot qu'elle n'a jamais entendu sortir de ma bouche…

– En ce temps-là, mon petit Moïse, les enfants m'appelaient « Maman l'animatrice » et nous n'avions à peine qu'une trentaine de pensionnaires, pour la plupart des filles dont une bonne dizaine avaient été abandonnées par leurs parents devant la porte de l'orphelinat parce que dans les coutumes de ceux-ci, c'était un échec d'avoir comme premier enfant une fille. Ma fonction était de les divertir, de les aider dans leurs devoirs ou de leur apprendre des comptines dans la cour principale. L'orphelinat ne comptait que trois bâtiments alors qu'aujourd'hui nous en avons six, si j'ajoute la pièce dans laquelle résident les gardiens Vieux Koukouba et Petit Vimba près de l'entrée et celle qui est derrière les salles de classe et que vous appelez « prison » depuis que la Révolution est entrée ici. Pour nous la vie se déroulait dans ce bâtiment principal dont l'étage était occupé par les religieux tandis qu'au rez-de-chaussée la cantine séparait le dortoir des filles de celui des garçons, plus vaste, mais aussi plus difficile à entretenir à cause de toutes ces fenêtres qui laissaient entrer de la poussière depuis l'aire de jeux. La nuit, il y avait des petits malins comme toi et Bonaventure qui s'infiltraient dans le réfectoire afin de dérober du pain, du maïs ou des fruits prévus pour le dessert du lendemain. Est-ce que cela mettait en colère le père Jurek Wilski, le Polonais qui dirigeait cet orphelinat ? Non, mon petit ! Tout au plus le père Wilski donnait-il la consigne au personnel de la cuisine de laisser traîner des choses à grignoter parce qu'il savait que les enfants passeraient derrière. J'étais le lien entre ces religieux et les pensionnaires lorsque ces derniers ne pouvaient s'exprimer que dans certaines des langues de nos régions que je maîtrise encore à ce jour. Non, je ne parcourais pas des distances interminables pour gagner mon lieu de travail : je logeais ici, dans la pièce mitoyenne au local de Papa Moupelo qui est devenue un débarras où l'on stocke des produits d'entretien ménager et des équipements sanitaires. Si je me sentais chez moi, c'était sans doute parce que j'avais été moi-même une pensionnaire de l'Orphelinat national des filles de Loandjili et, d'après sœur Marie-Adélaïde qui le dirigeait, j'y avais été inscrite par ma mère biologique en personne, une débrouillarde qui faisait du commerce en détail à la frontière de Pointe-Noire et de l'Angola. Que lui rapportait cette vente d'arachides et de bananes ? Rien du tout, mon petit, mais elle voulait survivre, et elle se disait que c'était le seul moyen de gagner sa vie. Elle ne pouvait compter sur mon père, ce militaire cubain qu'elle avait croisé à la frontière et qui s'était arrêté devant elle pour acheter des arachides grillées. Il n'a pas seulement acheté des arachides, il est resté plus longtemps, toute la nuit, dans une petite cabane de passe qu'un de leurs supérieurs louait dans les parages pour leur petite décontraction du week-end, si tu vois ce que je veux dire...

Elle prend un air grave, rajuste machinalement ses lunettes :

– Je suis le fruit de cette rencontre d'une nuit où peut-être ma mère ne disait rien, ne parlant pas l'espagnol, et mon père restant coi, ne comprenant ni le français ni les dizaines de langues de notre pays. Il paraît que mon père était grand, beau avec des yeux marron clair. Je lui dois cette couleur de peau claire qui, dans ma jeunesse, avait été à la fois l'objet de raillerie et de jalousie. On s'en moquait parce qu'on voyait tout de suite que je n'étais pas aussi noire que les autres Congolaises et que j'étais forcément une bâtarde, « une Cubaine », ce qui voulait dire que ma mère s'était laissée aller avec un de ces bidasses soit pour mettre au monde un enfant moins noir, soit parce qu'elle se livrait en cachette à la prostitution près des camps militaires de la frontière, mais je penche plutôt pour la première possibilité. Oui, elle voulait avoir un enfant clair parce que cela représentait à l'époque une sorte de supériorité, c'était bête, mais c'était une part de notre complexe vis-à-vis des Blancs, tout ce qui était blanc était meilleur, tout ce qui était noir était maudit, sans avenir, sans lendemain, est-ce que tu me suis toujours, mon petit Moïse ?...

Je la regarde fixement, et j'essaie d'imaginer qui était ce père cubain. Je n'ai jamais vu un Cubain de ma vie, et je l'écoute me parler de cet homme en me demandant si elle l'admire ou si elle lui en veut.

– Il était beau, mon père, venu en Afrique au moment de l'intervention de son pays en Angola où la situation politique était l'une des plus agitées de notre continent.

On croisait les militaires cubains dans tout Pointe-Noire, et ils bénéficiaient de la même fascination que les jeunes filles avaient pour les marins qui débarquaient au port maritime, venus des pays les plus lointains, avec leurs tenues blanches, leur peau bien bronzée et leur envie de se défouler dans les buvettes de notre capitale économique. Pour les jeunes filles comme ma mère ces militaires étaient devenus leurs marins, et ils étaient plus de quinze mille arrivés en Angola sur ordre de leur président Fidel Castro ! Il fallait bien qu'ils se divertissent, non ?

Elle sourit, et tout de suite je constate que c'est comme si elle avait dix ans de moins.

– Sérieusement, Moïse, les Cubains avaient débarqué en Angola pour aider leurs « frères communistes » du Mouvement populaire de libération de l'Angola (le MPLA) dirigé par Agostinho Neto qui était en guerre contre l'Union nationale pour l'indépendance totale de l'Angola (l'UNITA) de Jonas Savimbi, soutenue par les États-Unis, le régime raciste de l'Afrique du Sud, et même nos voisins zaïrois ! Les Cubains étaient alors nos héros puisque notre pays soutenait ouvertement le MPLA d'Agostinho Neto. Pendant leurs jours de repos, ces soldats quittaient l'Angola et sillonnaient la ville de Pointe-Noire. Pouvait-on leur reprocher de tirer profit de leur prestige et de satisfaire ces jeunes filles qui tombaient à leurs pieds quand bien même elles étaient conscientes que c'étaient des rencontres sans avenir ? Chaque fois que je regarde l'île de Cuba sur une carte je me dis que mon père est né quelque part, à La Havane, à Santiago de Cuba, à Las Tunas, à Bayamo, à Pinar del Río ou à Santa Clara, mais ce ne sont pour moi que des noms de cités, je ne ressens aucune attache particulière avec cette terre lointaine, et je ne suis pas différente de ces touristes qui rêvent de cette île en s'imaginant des plages au sable fin, de la musique à toutes les intersections, les couleurs vives de ces voitures américaines des années 1950, de ces Lada et de ces Moskvitch importées de l'Union soviétique et dans lesquelles les chauffeurs conduisaient avec de gros cigares entre les lèvres. À ma naissance ma mère me confia à l'Orphelinat national des filles de Loandjili. Un peu plus tard je constatai que la moitié des fillettes de cet établissement étaient nées d'un père militaire cubain, comme si cette institution n'avait été créée que pour elles ou alors que cet orphelinat faisait une sorte de discrimination en n'acceptant que des filles congolo-cubaines. Bon, je sus plus tard que c'était le président cubain Fidel Castro qui finançait intégralement cet hospice. Ma mère pensait me reprendre plus tard lorsqu'elle parviendrait à se remettre sur pied. Mais, mon petit, est-ce que ce n'était pas ce que la plupart des parents se disaient afin de ne pas souffrir des remords de s'être séparés de leur descendance, hein ? Comme on dit, qui remet à demain trouve malheur en chemin ! C'est ce qui était arrivé à ma maman puisqu'elle est hélas morte trois ans après mon entrée dans cet orphelinat, victime des brigands de la frontière où elle continuait son petit commerce. L'orphelinat n'allait le savoir que deux mois plus tard, le jour où un couple s'était présenté pour m'adopter. Celle qui allait devenir ma mère adoptive était folle de ma peau d'argile, de mes grands yeux et de ma touffe afro. D'ailleurs, jusqu'à mon adolescence elle refusait qu'on me fasse des tresses et me surnommait « Angela Davis », le nom d'une militante noire américaine dont tu n'as peut-être pas encore entendu parler. J'étais heureuse qu'elle me surnomme ainsi, surtout lorsque j'ai su que cette femme luttait pour la liberté des Noirs en

Amérique et qu'elle faisait partie de cette organisation courageuse qu'on appelait les Black Panthers. Mes nouveaux parents n'allaient plus m'appeler que par ce joli prénom d'Angela, plus jeune et plus poétique que celui de Sabine... Tu t'endors ?

– Non, je t'écoute...

– À vrai dire, je ne regrette pas que ce couple m'ait adoptée car il m'avait inscrite dans une école privée du centre-ville, et j'ai fréquenté par la suite le collège Pasteur et le lycée Victor-Augagneur où j'ai obtenu un baccalauréat en lettres et philosophie avec la mention « Très bien » alors que j'étais parmi les plus jeunes élèves de l'établissement. Si j'avais poursuivi mes études jusqu'à l'université de Brazzaville où mes parents prévoyaient de m'inscrire, peut-être aurais-je travaillé dans un grand bureau où j'aurais dirigé des hommes et des femmes qui m'auraient crainte et respectée. Mais voilà, à dix-sept ans j'avais laissé pour la première fois un homme me toucher, puis m'ôter cette innocence qui jusqu'alors me permettait de ne pas ressembler à ces jeunes filles de Pointe-Noire dont le destin était brisé de manière précoce par des amants insouciants, j'allais dire irresponsables. Cet homme de quarante ans était marié et travaillait comme facteur à l'Office national des postes et télécommunications. Je le connaissais depuis l'âge de trois ans et je ne me sentais pas du tout en danger avec lui, peut-être parce qu'il m'avait vue grandir lorsqu'il passait dans la semaine déposer du courrier au domicile de mes parents, discuter quelques minutes avec mon père, accepter un verre de vin de palme que lui proposait ma mère. Il s'attardait chez nous, caressait ma petite touffe afro et complimentait mes parents : « Quand elle sera un peu plus grande il faudra lui faire des coupes de ces actrices noires américaines qu'on voit dans les films au cinéma Rex ! Je vous jure qu'elle fera un malheur, cette petite princesse ! » Oui, mon petit, c'est de cet homme dont je suis tombée enceinte quatorze ans plus tard, et tu t'imagines bien le scandale que cela allait créer au sein de ma famille car c'est dans notre propre maison que ce type m'ôta ma virginité. Mon père qui tenait à sa réputation était dans tous ses états tandis que ma mère, elle, essayait de le convaincre qu'il fallait s'y attendre même si cela arrivait trop tôt et avec la mauvaise personne. Papa n'était pas de cet avis et menaça de me chasser de la maison. En dernier ressort maman proposa une solution qui, d'après elle, arrangerait tout le monde : se débarrasser de ce fœtus de la honte qui risquerait de leur rappeler toute leur vie l'ingratitude de ce postier qui évitait désormais notre domicile et confiait à un de ses jeunes collègues la distribution du courrier de mes parents...

Elle enlève une fois de plus ses lunettes, les essuie alors qu'elles ne sont pas embuées. Ça doit être un réflexe, un tic, et je me dis que quand j'en porterais, je m'arrangerais à faire de même.

– Mon petit Moïse, je ne me voyais pas faire du mal à l'être fragile qui était en train de se développer dans mon ventre. J'imaginais déjà sa tête de Cubain, ses yeux, ses petits bras, ses pleurs et ses sourires. Je mangeais à toutes les heures dans l'espoir de l'aider à vite se développer, et même à anticiper son jour de naissance. J'avais de la peine quand j'entendais mes parents évoquer sa disparition et prendre un rendez-vous pour la semaine suivante dans le cabinet d'un médecin blanc du centre-ville. Oui, Moïse, ils voulaient que ce soit un Blanc qui s'en occupe car ils n'avaient pas confiance aux médecins congolais qui, d'après eux, racontaient les secrets de leurs patients dans les bars des quartiers populaires de Pointe-Noire. Je me posais de plus en plus de questions : Pourquoi avais-je mérité le droit de vivre alors que j'étais le fruit d'un accouplement d'un soir ? Pourquoi n'accorderais-je pas la même chance à ce bébé qui n'avait rien demandé à personne et dont le seul tort serait de venir au monde ? Profitant de l'absence de mes parents dans la journée et à vingt-quatre heures du rendez-vous avec le médecin blanc, j'ai plié quelques affaires et je suis allée vivre chez deux de mes copines du lycée, Elima et Makila, au quartier Rex où elles louaient une maison en dur sur l'avenue de l'Indépendance. Ces deux amies m'encourageaient, m'entouraient de tous les soins. Makila commençait à acheter des vêtements pour cet enfant. Elle les choisissait en rose comme si elle avait la conviction que ce serait une fille. Afin de ne pas acheter les mêmes choses, Elima, elle, pariait que ce serait un garçon, et elle rapportait donc des bodies et des bonnets bleus. J'appréciais cette indépendance que je goûtais auprès de mes amies. Plus de père qui hausserait le ton. Plus de mère qui se tairait parce qu'elle aurait peur d'élever la voix devant son époux. Me recherchaient-ils ? Je ne pense pas, et je suis persuadée que cette situation les arrangeait. J'étais maintenant enceinte de près de deux mois…

Machinalement elle se touche le ventre comme si elle voulait être certaine que l'enfant est encore à l'intérieur. Sa voix change, devient de plus en plus triste :

– C'est là-bas, chez Elima et Makila, qu'en prenant ma douche j'avais remarqué que l'eau qui dégoulinait le long de mes cuisses virait étrangement au rouge. Je suis tombée dans les pommes rien qu'à la vue de ce sang tiède et lourd, comme si j'avais été blessée de l'intérieur. Lorsque je m'étais réveillée, je n'étais plus dans la douche, Elima et Makila m'avaient installée dans le lit et j'avais compris, devant leur mine très abattue, que le bébé que je surnommais déjà Chouchou avait décidé d'aller dans l'autre monde, à Mpemba, ce pays où le soleil ne se lève jamais et où on ne porte pas de chapeau… Puisque cet enfant dont je ne connaissais pas le sexe avait choisi cette direction, je m'étais tournée vers la religion. Je chantais à la chorale de l'église Saint-Jean-Bosco où un vieux prêtre qui m'appréciait et à qui je me confiais me trouva ce poste d'animatrice à l'orphelinat de Loango. C'est dire, mon petit Moïse, que j'étais là avant Dieudonné Ngoulmoumako qui n'a été nommé par les autorités politiques qu'au moment où l'orphelinat n'était plus tenu par la congrégation religieuse. Celle-ci s'était retirée au Cameroun où elle avait créé une autre institution. Dieudonné Ngoulmoumako avait eu ce poste par piston car il appartenait à l'ethnie des Bembés, celle-là qui, grâce à son art de manier le canif, avait aidé le régime en place à gagner la guerre ethnique contre les nordistes. Dès les premiers jours de son arrivée le directeur commença à bousculer les choses, à imposer sa loi. Il n'était plus question que j'occupe la fonction d'animatrice : il m'avait remplacée par une de ses propres nièces. Puisque j'étais originaire du nord du pays par ma mère biologique, et même par mes parents adoptifs, j'étais considérée comme une descendante des perdants de cette guerre ethnique et, à ses yeux, je demeurais une ennemie, une sorte d'espionne qui aiderait les nordistes à reconquérir le pouvoir qu'ils avaient perdu faute de savoir manier le canif comme les Bembés. Le directeur était derrière moi du matin au soir. Tout le personnel de la cantine – quatre femmes et deux hommes – avait été viré, remplacé par des Bembés ou des Lari et autres ethnies du Sud qui n'avaient aucune expérience et servaient aux enfants les plats de leur région comme la viande de chat pour les Bembés, les chenilles pour les Lari ou encore du requin pour les Vili. Vieux Koukouba était tranquille car il était lui-même un Bembé et, quelques années plus tard, il avait ramené un collègue plus jeune, Petit Vimba, un de ses cousins germains. La maison était en fait désormais dirigée par un clan de Bembés jusqu'au coup d'État qui a porté un président nordiste au pouvoir. Si Dieudonné Ngoulmoumako a survécu et s'est maintenu à son poste, c'est parce qu'il a toujours eu un comportement de girouette. Aujourd'hui il est devenu un des défenseurs de la Révolution installée par les nordistes alors qu'hier il les combattait au profit des sudistes. Tout se paye ici bas, mon petit. Il arrivera un moment où, faute de vent, la girouette ne pourra plus changer de direction et restera en berne. Ce sera la fin de tout, et je sens que ce temps arrive…

★

C'est l'heure de la récréation. Personne n'osera venir dans le dortoir, cela est interdit. Niangui me fait une révélation qui me secoue tout d'un coup :

– Moïse, je vois que tu as vite grandi, et j'ai du mal à croire que c'est moi qui t'ai trouvé dehors il y a treize ans, devant la porte de l'orphelinat, au moment où j'arrivais pour travailler. Tu étais enroulé dans un drap blanc, la tête dehors, tu ne pleurais pas, tu avais plutôt les yeux très ouverts pour un enfant de quelques jours. Je t'ai pris dans mes bras, je suis allée directement te déposer chez le directeur. Il m'engueula d'abord comme il le faisait lorsqu'il recevait une mère qui sollicitait les services de son établissement. J'avoue qu'à un moment donné je m'attendais à ce qu'il me dise d'aller me faire voir ailleurs avec « mon » enfant, mais il se calma enfin, jeta un regard furtif sur toi et souffla : « J'espère au moins que c'est un Bembé et qu'il n'est pas nordiste comme toi ! » Comment pouvait-on déterminer l'ethnie d'un nourrisson quand on n'avait aucune indication sur ses géniteurs ? Tu étais ainsi entré dans ces lieux sous le signe de la suspicion et, pour le directeur, emmuré dans sa paranoïa, tu incarnais un envoyé du diable dont la mission secrète était de précipiter la chute de l'institution qu'il dirigeait. Pire, il était certain que ce bébé avait été déposé devant son institution par des nordistes. Pour ma part je ne comprenais d'ailleurs pas pourquoi on avait pu abandonner un garçon. C'était un peu différent de ce qui se passait dans l'Orphelinat des filles de Loandjili où, comme je te le disais, seules les filles étaient retrouvées devant la porte de l'établissement parce qu'une vraie famille devait d'abord avoir un fils. Dieu merci, le directeur ne t'avait pas foutu à la porte mais avait chargé les gardiens et les surveillants de couloir de te suivre de très près, même la nuit, car il s'imaginait que vers minuit ou une heure du matin tu quittais ta peau de bébé pour devenir un colosse nordiste, avec une grosse barbe de maquisard. Le samedi tu fus présenté à Papa Moupelo qui prononça une messe exceptionnelle devant tout le personnel. C'est ce même jour qu'il te donna ce nom de *Tokumisa Nzambe po Mose yamoyindo abotami namboka ya Bakoko*. Et comme il était trop long et que personne n'était capable de le dire en entier, on se contentait de t'appeler Moïse…

Quand je repense à Sabine Niangui je ne peux effacer l'image de la femme qui avait été là en permanence lorsque j'étais en difficulté, peut-être parce qu'elle se sentait quelque peu responsable de ma destinée pour m'avoir « ramassé » devant l'orphelinat. Entre sept et dix ans, lorsque le directeur me fouettait avec sa liane et que je me débattais comme un diable, j'apercevais à quelques pas de lui une femme qui suivait la scène, le visage très sombre, et c'était Sabine Niangui. Sa mine dépitée montrait qu'elle n'appréciait pas les méthodes de Dieudonné Ngoulmoumako qui, malgré le nom béni que Papa Moupelo m'avait donné, continuait à croire que j'étais le fils du démon, que j'utilisais habilement mon intelligence pour organiser la plupart des coups fourrés qui survenaient dans le dortoir des garçons ou à la cantine quand les pensionnaires balançaient des morceaux de manioc sur les filles.

Sabine Niangui, que nous appelions tout simplement « Niangui », serrait les dents chaque fois que le fouet m'atteignait au point que je me disais que c'était elle qui souffrait à ma place. Elle avait quarante ans, mais pour nous elle était d'un autre âge, peut-être une réincarnation de notre aïeule Nzinga, sauf que Niangui n'avait pas mis au monde deux garçons jumeaux et une fille.

Dès que le directeur quittait le dortoir, elle me prenait par le bras, nous nous enfermions dans les toilettes où j'ôtais ma chemise. Elle constatait ces larges coupures laissées sur mon dos et courait chercher du Mercurochrome.

Quelques minutes après, je sentais ses mains chaudes se poser sur ma peau, puis ce liquide rouge et froid pénétrer dans les blessures pendant qu'elle me rassurait de sa voix la plus douce :

– Je n'ai pas mis de l'alcool sinon on t'entendrait crier jusqu'à Pointe-Noire…

Je ne la quittais pas des yeux et mesurais la chance que j'avais de bénéficier de ce petit traitement à part. Mais Niangui ne faisait pas que me soigner. Combien de fois ne m'avait-elle pas offert des tongs, des chemises, des slips, des coupés, des crayons de couleur, des livres pour enfants dans lesquels je découvrais des nains et une très belle princesse ou encore ceux dans lesquels je dévorais les aventures de deux filles vivant dans une ferme avec des animaux capables de s'exprimer et qui complotaient contre les adultes ?

Je n'ai pas le souvenir d'avoir reçu d'autres cadeaux que ceux qu'elle m'avait offerts. Il était interdit au personnel de manifester auprès de l'un de nous une quelconque générosité. Niangui bénéficiait d'une largesse parce qu'elle était, avec Vieux Koukouba, parmi les plus anciens dans cet établissement. Ou alors, si je m'en tenais aux bruits qui couraient, il y avait quelque chose entre elle et le directeur pour que celui-ci laisse passer ces présents sans la congédier. On racontait que Dieudonné Ngoulmoumako aimait les femmes et qu'il fricotait avec les mères de nos petites camarades Yaka Diapeta et Kiminou Kinzonzi ou celles de Nani Telamio, Wakwenda Kuhata et celle de Kabwo Batélé.

Comme elles étaient des mères désespérées et pensaient qu'en livrant leur corps le directeur réserverait un traitement spécial à leurs enfants, celui-ci profitait de sa position pour un peu les forcer à rester plus longtemps dans son bureau, deux heures ou même trois heures, et lorsqu'elles en sortaient, elles avaient les cheveux ébouriffés et portaient leur pagne à l'envers.

Je n'osais cependant pas me représenter le directeur en train de gigoter au-dessus de Niangui. Dieudonné Ngoulmoumako aurait du mal avec son ventre adipeux qui tombait jusqu'à la hauteur de son sexe, et nous entendrions sa respiration de buffle depuis le dortoir. Il mourrait de crise cardiaque pendant qu'il se tortillerait comme un silure sur la pauvre Niangui que je regardais désormais avec d'autres yeux, lui en voulant de ne pas m'avouer ce qu'il y avait entre elle et ce type alors que je la prenais pour mon bouclier, que je la voyais comme une présence éternelle, celle qui était là au moment où il fallait, celle qui ne m'avait jamais quitté depuis mon arrivée dans ces lieux, celle qui accepterait de tout risquer pour moi. Comment pouvait-elle donner du plaisir à ce méchant qui nous inspirait en permanence de la terreur ? Je me retenais de lui poser la question. Je redoutais une réponse qui me rendrait encore plus triste. Les pensionnaires les plus âgés nous disaient souvent que lorsque deux personnes faisaient l'amour elles finissaient par penser la même chose et se juraient protection l'une à l'autre. Ce qui, dans mon esprit, signifiait que Niangui avait rejoint le camp de ceux qui nous menaient la vie dure. Je ne voulais plus qu'elle me soigne, qu'elle mette ses mains sur moi. La nuit, avant de m'endormir, je menaçais du poing Bonaventure de ne pas me saouler de questions, je déployais la moustiquaire, je me cachais dans mon drap et entamais une longue prière dans laquelle, au lieu de remercier le Tout-Puissant de m'avoir donné ce nom de *Tokumisa Nzambe po Mose yamoyindo abotami namboka ya Bakoko*, j'implorais plutôt qu'Il jette un mauvais sort au directeur et à Niangui.

Si Niangui m'avait parlé bien avant comme elle l'avait fait au cours de mon treizième anniversaire pendant que j'étais alité, je ne l'aurais pas jugée aussi hâtivement que les autres pensionnaires et j'aurais su que ce qui se racontait sur elle n'était qu'une suite de mensonges…

*

Le lendemain des confessions de Niangui, ma fièvre avait comme par enchantement disparu. Le nez dégagé, je respirais de mieux en mieux, même si certains boutons persistaient alors qu'avant de m'endormir je les avais désinfectés à l'aide du savon Monganga.

J'attendais qu'elle réapparaisse de nouveau, qu'elle me tende un verre d'eau et un comprimé et qu'elle s'asseye dans mon lit pour me parler avec cet accent mélodieux qu'elle exagérait sans doute pour agacer le directeur connu pour sa haine viscérale contre les nordistes. Je lui présenterais mes excuses pour avoir cru comme beaucoup de pensionnaires qu'elle avait une histoire avec Dieudonné Ngoulmoumako. Elle me dirait certainement : « Ne t'en fais pas, les mensonges ne m'affecteront jamais… »

J'entendrais encore pendant près d'une heure cette voix chaude et rassurante. Je sentirais sur moi son regard plein d'affection pendant que j'observerais de plus près ses cheveux gris sur les côtés. Et peut-être lui demanderais-je de me laisser essayer ses lunettes qui continuaient à m'intriguer ? Elle ne me dirait pas non, je le sentais. Je percevrais tout d'un coup le monde comme elle, et les petites choses se verraient en grand grâce à ces lunettes qui lui permettaient peut-être de remarquer les défauts des êtres humains et de séparer les méchants des gentils.

*

Niangui ne revint pas me donner un verre d'eau et de l'aspirine le lendemain. Quelque chose me disait qu'elle ne reviendrait plus, que si elle m'avait parlé avec autant de détails sur son existence, c'était peut-être parce qu'elle savait qu'elle ne me reverrait plus et que pour elle, comme elle disait, une page de l'orphelinat avait été arrachée avec pour premier signe l'humiliation faite à Papa Moupelo.

Notre dernière rencontre résonnait de plus en plus comme un adieu. Après deux semaines sans nouvelles d'elle, tout le personnel agissait comme si elle n'avait jamais existé, et plus personne ne prononçait son nom.

Je savais désormais que c'était la fin d'une époque…

J'avais tort car, un après-midi, alors que je me rendais dans les toilettes, le pas lourd, les bras le long du corps, j'aperçus à quelques mètres devant moi la silhouette d'une femme avec un balai dans la main gauche et un seau dans l'autre. Il ne manquait plus que la présence du directeur pour que j'aie l'impression que rien n'avait changé, que tout n'était qu'illusion, que Niangui n'avait pas disparu de ces lieux.

Pour lui souhaiter la bienvenue j'avais envie de crier « Maman !!! », mais je n'avais plus de voix. Je ne lui demanderais pas de m'expliquer où elle était passée durant tout ce temps. L'important était qu'elle ne m'avait pas abandonné. Qu'elle était de retour juste pour me revoir, sinon pourquoi aurait-elle choisi ce moment précis pour me croiser en cachette sur le chemin des toilettes ? La joie qui m'animait était si intense que j'entendais mon cœur cogner contre ma poitrine.

Je m'avançai vers elle, les bras bien ouverts, avec mon sourire le plus large. Elle restait immobile, presque indifférente à mon excitation, le visage plus rond qu'avant, avec des petits yeux qui lui donnaient en permanence un air de gaieté. Sa peau n'était plus aussi claire et, au moment où j'allais enfin la serrer dans mes bras, elle me repoussa avec une virulence que je ne lui connaissais pas.

Surpris par une telle attitude, je relevai la tête et m'aperçus soudain que ce n'était pas Niangui qui était en face de moi. C'était Evangelista, la jeune femme dont on murmurait qu'elle avait remplacé Niangui.

– Elle revient quand, Niangui ?

C'était comme si elle attendait cette question :

– Elle ne reviendra plus, elle est partie à la retraite !

Elle m'apprit, avec un sourire dont je ne comprenais pas le sens, que Niangui était de toute façon trop vieille, qu'elle prétendait avoir quarante ans, mais qu'il fallait en ajouter vingt de plus.

Evangelista avait un air très réjoui. Elle n'était là que pour me narguer car elle a aussitôt rebroussé chemin pour s'orienter vers le bâtiment des filles. Je restai debout dans le couloir, ne quittant pas du regard sa silhouette qui s'éloignait, et plus elle s'éloignait plus j'avais le sentiment que c'était Niangui qui s'évaporait et qu'elle était entrée dans le corps d'Evangelista pour forcer cette dernière à me dire une fois pour toutes qu'elle ne reviendrait plus, que la page sur laquelle son histoire dans cet établissement était écrite venait elle aussi d'être arrachée et qu'après avoir perdu Papa Moupelo je venais de perdre maintenant celle qui était presque comme la mère que j'aurais voulu avoir…

Nous n'avions jamais vu le directeur avec une mine aussi déconfite. Il se rua dans la cour, tomba sur le jardinier Kolela :

– Alors, tu les as aperçus, les types en question ?

Le jardinier fit non de la tête, puis le directeur fonça lui-même vers la porte d'entrée de l'orphelinat, guetta discrètement à l'extérieur et poussa un ouf de soulagement :

– Je crois qu'ils ne viendront pas aujourd'hui car il est déjà midi, je vais enfin respirer…

Dieudonné Ngoulmoumako ne dormait plus que d'un seul œil depuis quelques mois. Quatre hommes habillés en costumes noirs et cravates rouges arrivaient dans l'orphelinat à l'improviste et s'enfermaient avec lui dans son bureau. Le ton montait, et nous entendions le directeur leur hurler :

– Vous savez à qui vous avez affaire ? Je vais vous faire virer, parole de Dieudonné Ngoulmoumako !

Lorsque les visiteurs repartaient, le directeur savait déjà qu'ils reviendraient, mais quand ? Il passait donc de moins en moins de temps dans son bureau et dans son appartement. Pour semer ses indésirables visiteurs il s'était aménagé une petite pièce dans le bâtiment des filles et, tous les jours, avant d'aller se planquer à l'intérieur en fermant portes et fenêtres, il donnait les mêmes consignes :

– Si ces emmerdeurs arrivent, dites-leur que je ne suis pas là, que je suis en déplacement à Pointe-Noire pour un congrès de notre section du Parti congolais du travail.

Il devenait de plus en plus ridicule aux yeux de nos petites camarades qui ne comprenaient pas qu'avec tout le pouvoir qu'il avait, quatre hommes en costumes puissent l'inquiéter de la sorte. Et quand il décidait enfin de revenir dans son bureau, croyant que ceux qu'il qualifiait « d'envahisseurs » avaient renoncé à leur mission, le directeur était surpris de les voir apparaître comme s'ils étaient cachés en face de l'orphelinat avec des jumelles et attendaient ce moment.

N'en pouvant plus, Dieudonné Ngoulmoumako réunit tout l'établissement dans la cour et, depuis l'estrade, avec ses six gardiens derrière lui, il annonça :

– Nous allons repousser ces envahisseurs qui me cherchent les poux dans la tonsure. La seule façon d'y parvenir c'est de faire entendre notre voix jusqu'au sommet de la République, parce que je suis convaincu que le président n'est pas au courant de cette chasse aux sorcières dont je suis la victime. Nous allons faire une grève de la faim jusqu'à ce que le ministère de la Famille et de l'Enfance demande à ces gens de ne plus venir m'embêter.

Quelques jours avant, dans un éditorial de *L'Éveil du pionnier*, le directeur félicitait pourtant le ministre de la Famille et de l'Enfance. Celui-ci avait nommé de nouveaux contrôleurs d'établissements publics et même privés destinés à des mineurs qui n'étaient pas qu'orphelins.

Le directeur traçait un portrait plutôt très flatteur du nouveau ministre Rex Kazadi :

« *Porté par une intelligence et une sagesse qui lui valurent d'être parmi les plus brillants de l'École nationale d'administration, Rex Kazadi incarne l'éveil de notre nation, le nouveau visage d'une politique qui se veut rigoureuse et plus que jamais au service du peuple. Ce jeune homme fut connu en Europe comme un des combattants qui refusaient que notre pays soit pris en otage par les impérialistes et leurs valets locaux. Rex Kazadi avait mobilisé la plupart de nos jeunes compatriotes pour les sensibiliser sur les dangers qui guettaient notre cher et beau pays. Nous lui souhaitons de réussir dans cette nouvelle tâche que vient de lui confier le président de la République car la Famille et l'Enfance sont le fondement, j'allais dire le socle de notre société...* »

Dans la suite de l'éditorial, le directeur essayait de défendre sa maison, mais ses justifications produisaient un effet contraire et dévoilaient qu'en réalité il avait transformé cet établissement en un orphelinat correctionnel ou de préservation et que c'était pour cela qu'on lui envoyait des enfants terribles comme les jumeaux Songi-Songi et Tala-Tala.

★

Son discours avait moins d'enthousiasme que celui prononcé pour nous annoncer que la Révolution entrait dans l'orphelinat. Il avait le regard fuyant, la voix cassée, les gestes moins vifs.

Et pourtant, il trouvait la force de lancer :

– Révoltons-nous ! Ces nordistes viennent ici sans s'annoncer, est-ce que notre orphelinat c'est la cour du roi Pétaud, hein ?

Il sentait que cette fois-ci les choses avaient changé. Il avait omis de signaler dans son éditorial que le gouvernement fustigeait maintenant « les mauvaises habitudes de l'Administration » et avait créé à cet effet « le ministère de la Lutte contre le tribalisme et le népotisme à tous les niveaux ».

– Oui, il nous faut être unis comme un seul homme…

Regardant vers le personnel féminin, il se reprit :

– Je voulais dire soyons unis comme un seul homme et une seule femme, mais ma bouche est allée trop vite sans consulter mes pensées…

Devant l'indifférence générale de l'audience, il joua sur la corde qu'il estimait la plus sensible :

– Est-ce que vous vous rendez compte de la gravité de la situation ? Si je ne suis plus le directeur de cette institution ce sera la pagaille, le chaos, la fin du monde, la nuit totale, et vous aussi vous perdrez vos postes !

Nous avions envie de pouffer de rire, mais il nous inspirait de la pitié. Au fond de moi je me murmurais que son heure avait sonné, que la colère de Dieu que j'implorais et qui avait fait tressaillir le pharaon égyptien, bête noire des Hébreux, était donc en marche. L'homme en face de nous ne devenait plus qu'un roi nu devant le premier obstacle qui mettait en jeu sa carrière. Au lieu de se battre, il avait le genou par terre et sollicitait sans vergogne notre aide, nous qui n'étions que des moins que rien jusqu'alors.

Et Bonaventure qui répétait :

– C'est grave, Moïse ! C'est très grave ! Il ira en prison ! Il sera menotté, je te jure !

Fini ce temps où Dieudonné Ngoulmoumako réussissait à être au bon endroit au bon moment et à retourner sa veste de façon spectaculaire. Sorti de l'ENFPB, l'École nationale de la Fonction publique de Brazzaville, il ne s'était jamais marié et n'avait pas eu d'enfants pour ne pas paralyser son ascension, pensait-il. Son appartenance à l'ethnie bembé était un cordon de sécurité qu'il déployait chaque fois qu'il voulait obtenir un poste dans l'administration. Il se retrouva ainsi au cabinet du ministre de la Fonction publique, un Bembé comme lui, puis fut nommé sous-préfet à Mouyondzi, la ville emblématique de son ethnie où il se présenta aux élections municipales, mais fut battu par un candidat parachuté par le gouvernement. Ce candidat n'avait pas fait campagne et n'était même pas bembé, mais un nordiste, ancien collègue de lycée du président de la République. Pour le consoler, on le nomma préfet de Mabombo, une ville de la Bouenza, sa région natale où, trois ans après il se présenta à la députation. Là encore il fut battu par une candidate soutenue par le gouvernement et qui n'était autre que la fille du féticheur du président de la République. Le nom de cette dernière n'apparut sur les listes électorales que vingt-quatre heures avant le vote…

Dieudonné Ngoulmoumako voulait désormais d'un poste que personne d'autre ne lorgnerait. Quand on lui proposa comme lot de consolation la direction de l'orphelinat de Loango, il hésita un moment.

– Je n'aime pas les enfants ! En plus je n'en ai pas et je ne tiens pas à en avoir ! Pourquoi ne dirigerais-je pas le port de Pointe-Noire ?

On lui fit comprendre que le port de Pointe-Noire n'était pas si facile à gérer. Les directeurs changeaient pratiquement chaque année et il allait s'asseoir sur un siège éjectable. Lorsqu'on le rassura qu'à Loango il déciderait lui-même de son salaire, de son personnel, de son budget et que le gouvernement n'aurait aucun œil dessus puisque l'argent viendrait des riches héritiers du royaume Loango, Dieudonné Ngoulmoumako accepta enfin. Et personne ne vint le troubler durant plus de trois décennies où il fit tout ce qu'il voulait jusqu'à l'arrivée de ces hommes en costumes qui l'empêchaient désormais de dormir et qui semblaient lui dire que la fin de son règne était proche.

Aussitôt que ces gens qu'il qualifiait « d'intrus » débarquaient à l'improviste, le directeur savait qu'il allait passer des heures et des heures avec eux à répondre aux mêmes questions mille et une fois. Ils ouvraient des cartons de dossiers jaunis d'où s'échappaient des colonies de cafards, tant son bureau n'était qu'un débarras qui sentait en permanence le tabac moisi.

Il devait s'expliquer sur tout, sur le temps que nous consacrions à l'école ou dans l'aire de jeux, sur nos divertissements, sur l'éventualité d'attouchements sexuels du personnel à l'encontre des enfants, sur le nombre de fois que la nourriture nous était servie et surtout sur notre évolution physique et intellectuelle.

Dieudonné Ngoulmoumako ne faisait que répondre :

– Quelles questions ! Tout est normal ici ! Et puis, il faut arrêter chaque fois de penser que les orphelinats sont des lieux de pédophilie ! Ça, ça n'existe qu'en Europe, pas chez nous !

Sans qu'on lui pose la question, il devançait :

– Donner une fessée aux enfants, c'est normal ! Moi-même j'ai été élevé de la sorte, et ça a marché ! On ne va pas en faire tout un plat de porc aux bananes plantains !

S'il pouvait argumenter ce volet et si aucun des enfants interrogés par la suite ne fit part de quelque abus sexuel, il lui était impossible de faire tourner en bourrique les contrôleurs sur la question de son salaire, de ceux de son personnel ou sur les tâches administratives, et sur la gestion financière. Pourquoi par exemple l'achat d'une horloge était-il répertorié dans la rubrique « Hygiène et entretien des locaux » ? Et comment se faisait-il que son salaire augmentait de plus de la moitié chaque année pendant qu'un ancien comme Vieux Koukouba n'avait été augmenté qu'il y a plus de dix-sept ans ? Quelles étaient les raisons des licenciements sans préavis et sans indemnisation de certains salariés comme le menuisier Bounda Na Gwaka, le magasinier Mayele Nasima et la femme de ménage Sabine Niangui qui, tous, avaient été embauchés à l'époque où l'orphelinat était géré par une congrégation religieuse ?

– En tant que directeur je vire qui je veux et j'embauche qui je veux !

– Et grâce à ce pouvoir discrétionnaire vous avez donc embauché six gardiens qui sont en fait des membres directs de votre propre famille ? ironisa un des contrôleurs.

– Je l'ai fait en toute légalité !

Dieudonné Ngoulmoumako avait essayé de leur opposer son statut de serviteur et adhérent du Parti congolais du travail, pensant que cela allait lui valoir une immunité. Les contrôleurs lui rappelèrent que les membres du Parti devaient montrer l'exemple et que dorénavant, en attendant qu'on puisse décider de son sort depuis le ministère de la Famille et de l'Enfance – le licenciement ou l'affectation dans l'arrière-pays –, ses trois neveux Mfoumbou Ngoulmoumako, Bissoulou Ngoulmoumako et Dongo-Dongo Ngoulmoumako étaient relevés de leurs fonctions de responsables de la section de l'Union de la jeunesse socialiste congolaise de l'orphelinat. Ils redevenaient donc des surveillants de couloir comme Mpassi, Moutété et Mvoumbi…

Nous avions observé la grève de la faim pendant deux jours, mais les contrôleurs ne se pointèrent pas. Nous en avions marre et, la nuit dans le dortoir, nous nous goinfrions grâce aux vivres piqués par les jumeaux dans le réfectoire. À quoi cela servait-il de faire une grève de la faim si le président de la République n'était pas au courant ? Au troisième jour tout le monde mangeait à sa faim.

Une semaine après, les contrôleurs n'étaient toujours pas là, mais Dieudonné Ngoulmoumako organisait une résistance depuis le premier étage avec ses neveux. Si ces contrôleurs se faisaient voir, ils les recevraient avec une bonne surprise. Ce n'était peut-être qu'à ce prix, se disait-il, que le président de la République serait au courant de ce qui se passait chez nous.

Vieux Koukouba avait de sérieux problèmes de santé et se faisait de plus en plus rare dans la cour centrale. Il avait du mal à uriner, et quand enfin il parvenait à libérer quelques gouttelettes, il hurlait tellement qu'on avait l'impression que quelqu'un égorgeait un bœuf dans les toilettes du local des gardiens. Plusieurs médecins de Pointe-Noire, chauves et portant de grosses lunettes de gens qui avaient étudié la médecine en France et non en URSS défilaient dans l'établissement, mais aucun d'eux n'arrivait à guérir cette infection urinaire. Ils jetaient l'éponge, prétextaient que la maladie était liée à la sénilité du gardien et qu'à soixante-douze ans les carottes étaient plus que cuites pour lui.

Bonaventure aussi, très alarmiste comme à son habitude, prédisait une issue funeste au malheureux vieillard :

– Hier j'ai aperçu un vieux corbeau perché sur le toit du local des gardiens, et ce corbeau me regardait d'une façon si bizarre que je voulais lui demander s'il avait un problème, mais il s'est vite envolé ! Tu trouves ça normal, toi ? Qu'est-ce qu'il faisait là si ce n'était pas pour me dire, rien qu'à moi, que Vieux Koukouba allait bientôt mourir, hein ? C'est grave, c'est très grave ! Il faut l'aider !

Nous ne connaissions vraiment pas Vieux Koukouba. Ou alors nous pensions le connaître et imaginions qu'il était né vieux et gardien et qu'il mourrait vieux et gardien. Comme si sa fin était proche et certaine, nous étions désormais au courant de son passé grâce aux indiscrétions de certains surveillants de couloir qui se relayaient dans le local où il était alité. Ces mêmes surveillants, surtout les neveux de Dieudonné Ngoulmoumako, parlaient déjà de lui à l'imparfait et vantaient quelques-unes de ses qualités mais le blâmaient surtout pour le comportement qu'il avait eu tout au long de sa précédente profession.

S'il venait à mourir, ironisait Bissoulou Ngoulmoumako, Vieux Koukouba passerait forcément par la morgue de l'hôpital Adolphe-Sicé de Pointe-Noire où, auparavant, il avait travaillé pendant plus de vingt ans. Exagérait-il lorsqu'il rapportait que le métier de Vieux Koukouba consistait à engueuler les défunts selon les circonstances de leur mort avant de les ranger dans des coffres les uns sur les autres, et parfois de les battre comme des tapis quand il estimait qu'ils étaient eux-mêmes responsables de leur mort ? Ces cadavres refusaient d'aller dans l'autre monde et osaient encore remuer un orteil comme s'ils voulaient se raccrocher à la vie. Quand les élèves des collèges et des lycées visitaient la morgue avec leur professeur de biologie, Vieux Koukouba trouvait enfin l'occasion de se prendre pour l'homme le plus important de la terre. Un sourire malicieux aux lèvres, il désignait avec emphase ses cadavres et expliquait à l'assistance qu'il les avait tellement embellis que ce serait un privilège pour n'importe quel cimetière de Pointe-Noire de les recevoir. L'air débordé mais passionné par sa profession, il soufflait à ses visiteurs :

– Les cadavres, ça n'arrête pas ces derniers jours ! Ce matin j'ai encore reçu deux corps si cabossés que j'ai dû ramasser des morceaux de chair depuis la cour de l'hôpital jusqu'à l'entrée de ma morgue. Y a eu paraît-il un grave accident de voitures du côté du rond-point Albert-Moukila, et ces voyous roulaient à tombeau ouvert ! Eh bien, puisque chez moi on n'est pas pressé, ils vont désormais rouler à tombeau fermé !

Puisque son humour noir ne déridait pas ces élèves plutôt effrayés par les lieux et ces corps figés, il lâchait, résigné :

– Bon, ne perdons pas de temps, on va vite faire le tour de la morgue, prenez ces masques pour vous protéger parce que ça ne sent pas toujours bon là-dedans…

Vieux Koukouba jouait alors au pédagogue, cajolant avec tendresse le crâne rasé et bosselé d'un cadavre, lui murmurant d'un ton paternel :

– Sois gentil mon petit, nous avons de la visite et tu n'as rien à craindre de ces gens, ils veulent simplement voir comment on travaille ici, après ils nous foutront la paix…

Comme s'il appréhendait que le trépassé écoute ses propos, il baissait la voix et confiait aux visiteurs :

– Les bosses sur son crâne viennent d'un affrontement avec les parents de sa compagne. Quand il est arrivé ici j'avais pitié de lui et je me suis arrangé pour dissimuler les marques les plus importantes. Il se plaint chaque fois du froid et me demande de monter la température, sinon il refusera que les siens l'emmènent au cimetière. Je m'évertue à le consoler, à lui expliquer qu'il sera bien accueilli là-haut. Rien à faire avec lui, il boude, se retourne, donne des coups à ses camarades. Le pire c'est qu'il soutient qu'il est dans cette morgue par erreur, que c'est un autre gars qui devait mourir à sa place, qu'il a des choses très importantes à régler, qu'il n'a pas fini de payer son prêt à la banque et qu'il doit de l'argent à plusieurs personnes du quartier Trois-Cents. Mon œil ! Les morts utilisent souvent ces stratagèmes vieux comme le monde afin de gagner du temps, et si on les écoutait, personne ne mourrait sur cette terre. C'est bien beau de dire que ce n'est pas son tour de mourir, et moi je fais quoi pendant ce temps si les gens ne meurent pas, hein ? En plus il me réclame sans cesse la présence de sa compagne qui vit à Paris. Vérification faite, j'ai appris que la femme en question était allée en France pour un stage de six mois, mais elle s'est mariée là-bas avec un type de notre ambassade, un ami d'enfance du malheureux cadavre. D'où cette bagarre qui lui a coûté la vie parce qu'il s'imaginait que les parents de sa compagne étaient dans le secret de cette union en France. Il a reçu des coups de marteau sur la tête et est mort une heure plus tard. Vous pensez que son ex-compagne quittera Paris pour assister aux funérailles ? Si je lui dis qu'elle ne viendra pas, il emmerdera encore plus les autres cadavres ! Vous voyez dans quel bourbier ce métier me conduit ? Il n'y a pas que l'enterrement qui compte, il y a aussi l'accompagnement moral des trépassés, et c'est le plus dur. Les morts, je les vois arriver dans tous les états, je les garde bien au froid, je les redresse, je leur tiens la main jusqu'au cimetière, et c'est encore moi qui creuse leur dernière demeure. J'ai dit par exemple à ce cadavre cocu qu'il aura une autre femme au ciel, une femme plus belle, et lui me demande si là-haut les femmes ont d'aussi beaux derrières que celui de sa compagne ! Je lui ai avoué que je n'en savais rien, eh bien il a dit qu'il n'irait là-haut qu'avec sa compagne ! C'est pour ça qu'il n'arrête plus de gesticuler, de me faire signe à l'aide de son orteil, surtout lorsqu'il voit arriver du monde comme maintenant. C'est pas facile ce métier, je vous dis !...

Vieux Koukouba oubliait que ses visiteurs étaient là pour une leçon et que les anecdotes sur ses cadavres étaient loin de les renseigner sur les subtilités du corps humain et de les aider pendant leurs examens...

J'étais surpris par le talent de Bissoulou Ngoulmoumako quand, sans se gêner de la présence de plusieurs pensionnaires, il imitait à la perfection la voix et les gestes de Vieux Koukouba. C'était comme s'il tenait à entrer dans la peau de ce personnage, et quand il prenait une voix sépulcrale, ses collègues se voûtaient tous pour ressembler à un vieillard au point que pour nous c'était Vieux Koukouba lui-même qui racontait cette période lointaine de son existence.

Le vieux gardien aurait pu passer sa vie comme responsable de cette morgue, mais les choses se gâtèrent à cause de sa conduite à l'égard des dépouilles des plus belles filles de Pointe-Noire. Il creusait en quelque sorte sa propre tombe car on ne comptait plus le nombre de ces demoiselles qui n'avaient perdu leur virginité qu'après leur décès. C'était le cas de la lycéenne Mandola alias « Mannequin » qui préparait son baccalauréat en biologie au lycée Victor-Augagneur et dont tout le monde pariait qu'elle l'obtiendrait les doigts dans le nez. Elle possédait un VéloSoleX alors à la mode chez les enfants des familles aisées de l'époque et portait des jupes courtes, des chemises qui épousaient la sculpture de son corps et des tresses qui tombaient sur ses épaules. Un matin, ses camarades du lycée qui n'avaient pas entendu le bruit de son Solex apprirent que la fille dont on parlait dans les informations et qui avait été violemment heurtée par un camion de la Compagnie maritime à la hauteur du rond-point Patrice-Lumumba était bien

Mandola, et elle n'avait pas survécu à l'accident. Avant même que le corps n'arrive chez Vieux Koukouba, celui-ci, ayant entendu la nouvelle sur les ondes de Radio La Rue Meurt, avait déjà préparé une belle robe blanche, des chaussures et des produits de maquillage achetés au supermarché Le Printania.

En lavant la jeune Mandola, il lui parlait:

– Tu seras encore plus belle ! Tu seras une Blanche, une vraie, rien que pour moi. Les autres mortes seront tellement jalouses que je devrai te trouver un coffre à toi toute seule parce que je ne supporterai pas qu'elles te griffent ce beau visage d'ange…

Vieux Koukouba la prenait maintenant pour sa propre femme avec qui, pendant le laps de temps où le corps était sous sa responsabilité, il faisait certaines choses peu recommandables et que la décence et le respect des morts m'obligent à taire…

Huit jours après, la famille de Mandola arriva pour récupérer le cadavre et était sur le point d'emporter un autre corps que Vieux Koukouba leur présenta comme étant celui de leur fille, juste dans le dessein de ne pas mettre fin à cette idylle macabre. Mais par curiosité, un des oncles de Mandola se pencha sur le cadavre d'à côté, celui de la « Blanche ». Pendant que Vieux Koukouba avait le dos tourné pour préparer le faux macchabée, l'oncle sortit un mouchoir de sa poche et frotta discrètement le visage de la « Blanche ». Il aperçut la peau noire en dessous et remarqua les deux balafres entre les sourcils, les signes distinctifs d'un sous-groupe de Batékés auquel la famille appartenait. Le cri de stupéfaction qu'il poussa et l'écho qui s'ensuivit incitèrent le petit groupe à se ruer hors de la morgue comme si un fantôme venait de faire son apparition.

Vieux Koukouba disparut par une porte dérobée pour échapper à cette famille qui allait peut-être le cloîtrer vivant dans une des chambres froides. Une autopsie du cadavre fut demandée la même journée par cet oncle. Le lendemain les unes des journaux de Pointe-Noire avaient des titres pour le moins étranges : « Le violeur de cadavres pris la main dans le sac », « Le violeur des cadavres qui transformait ses victimes en femmes blanches », « L'homme qui les aimait froides et inanimées », « Un amour bien maquillé », etc.

Pour échapper à la vindicte populaire, Vieux Koukouba quitta Pointe-Noire. Déguisé en vagabond, il marcha pendant une demi-journée et parvint jusqu'à Loango où il frappa à la porte de l'orphelinat et se présenta à la congrégation religieuse qui le dirigeait comme étant quelqu'un qui avait tout perdu dans sa vie et qui cherchait un asile. Il pleurait comme un gamin, et dans leur bonté, les religieux lui ouvrirent la porte de l'établissement.

Il commença d'abord à travailler comme jardinier et magasinier. Puis, au moment du départ de la congrégation et de la reprise de l'établissement par les pouvoirs publics, il fut nommé comme le gardien des lieux…

Je soufflai à Bonaventure de me rejoindre dans l'aire de jeux où les derniers pensionnaires qui jouaient au football rangeaient déjà leurs affaires car le jour se couchait.

– Moïse, pourquoi on se retire dans un coin comme si on allait comploter pour s'enfuir de l'orphelinat ?

Je ne pus dominer ma stupéfaction :

– Tu étais donc au courant ?

– Au courant de quoi ?

– De la fuite de ce soir, tu viens d'en parler !

– Ah bon ? Il y a donc des gens qui vont s'échapper ce soir ? C'est grave, c'est très grave !

La manière avec laquelle il écarquillait les yeux montrait qu'il ne se payait pas ma tête.

Les jumeaux m'avaient dit quelques heures plus tôt de prendre la poudre d'escampette avec eux pour Pointe-Noire. Je leur avais répondu qu'il n'était pas question que je quitte l'orphelinat et que cet établissement était ma maison même s'il n'y avait plus Papa Moupelo et Niangui.

– Donc ta vie entière tu vas la passer ici, hein ? s'était étonné Songi-Songi. Si tu étais aussi exceptionnel comme enfant, pourquoi on ne t'a jamais fait adopter par une famille ? Et d'ailleurs, combien d'enfants ont

113

connu un vrai destin depuis que tu es là, hein ? Zéro !
Nous t'avons trouvé là, tu n'as jamais bougé, nous on
te donne la chance d'aller à Pointe-Noire, toi tu joues
à celui qui aime la maison de ses maîtres ! En fait tu
crois qu'on te tend un piège, c'est ça ?

– Et si votre plan en question foire et que le directeur…

– Si ça foire, ça sera à cause de toi ! m'avait coupé
Tala-Tala. Parce que ce n'est qu'à toi que nous avons
proposé de venir avec nous ! Et je te jure que si demain
nous sommes encore ici à cause de toi, tu vas mourir
deux fois : je vais d'abord te tuer, puis mon frère te
tuera à son tour !

Les deux avaient les yeux braqués sur moi comme
s'ils attendaient une réponse immédiate. Pour gagner
du temps, j'avais bredouillé :

– Et Bonaventure… Je veux dire, Bonaventure aussi
peut venir avec nous ?

– Cet imbécile qui se comporte encore comme un
gamin ? Non, pas question ! avait tonné Songi-Songi.
Lui c'est le genre à tout foutre en l'air, on ne veut pas
de lui !

Ce rejet de mon meilleur ami m'avait procuré une
petite porte de sortie :

– Alors, si Bonaventure ne vient pas, je ne viendrai pas avec vous ! Il est un peu mon frère jumeau…
C'est comme vous deux, l'un ne peut pas s'en aller
sans l'autre !

Ce dernier argument les avait laissés sans voix. Ils
s'étaient regardés comme pour s'entendre sur ce qu'ils
allaient me répondre, et c'est Tala-Tala qui avait tranché
dans le vif :

– Bon, écoute, il peut quand même venir… Mais
s'il dévoile notre plan, nous le tuerons d'abord, puis

nous te tuerons ensuite ! Rendez-vous à minuit pile derrière le local du Mouvement national des pionniers de la Révolution. Si vous n'êtes pas là à l'heure, nous partirons sans vous.

– Et comment on va sortir d'ici ?

– Fais-nous confiance, ou alors ne te pointe pas à minuit !

Ils m'avaient tourné les talons pour s'orienter dans le bâtiment principal, l'un tenant l'autre par la main comme s'ils avaient peur d'être séparés avant minuit…

★

– Si ce sont les jumeaux qui s'enfuient, c'est formidable, comme ça nous allons enfin respirer et être les maîtres de cet orphelinat !

– Bonaventure, tu ne m'as pas bien compris : nous allons en profiter nous aussi pour nous enfuir ! Crois-moi, on ne nous en voudra pas, on accusera les jumeaux d'avoir tout comploté et de nous avoir influencés !…

– C'est qui le « nous » dont tu parles chaque fois ?

– Toi et moi ! Arrête de faire ton petit malin, le temps presse !

Il remua à plusieurs reprises la tête :

– Non, non, ne compte pas sur moi, je ne sens pas votre histoire, c'est louche et je ne bougerai pas d'ici ! Ils veulent faire comme dans le film d'Alcatraz qu'ils ont vu : ils ont besoin d'être à trois pour s'enfuir !

Inconsciemment je repris les mots de Tala-Tala :

– Bonaventure, donc notre vie entière nous allons la passer ici, hein ? Si nous étions aussi exceptionnels comme enfants, pourquoi on ne nous a jamais fait adopter par une famille ? Et d'ailleurs, combien d'enfants

115

ont connu un vrai destin depuis que nous sommes là, hein ? Zéro ! Les jumeaux nous ont trouvés ici, toi et moi, nous n'avons jamais bougé, et ils nous donnent la chance d'aller à Pointe-Noire, toi tu joues à celui qui aime la maison de ses maîtres ! En fait tu crois qu'ils nous tendent un piège, c'est ça ?

– De toute façon c'est pas comme ça que moi j'avais prévu de m'en aller de Loango !

– Ah bon ? Et tu veux t'en aller d'ici comment ?

– Tu le sais bien : j'attends l'avion qui atterrira ici rien que pour moi…

– Il y a une vraie piste d'atterrissage à Pointe-Noire, et là-bas je te jure que tu auras tous les avions que tu veux pour aller n'importe où dans le monde entier !

– C'est du baratin, n'essaie pas de m'embrouiller, je n'irai pas avec vous ! Toi, vas-y avec eux, je te promets que je fermerai ma bouche jusqu'au jour où mon avion viendra…

– Franchement ! J'ai parfois envie de donner raison aux autres qui disent que tu n'as pas grandi et que tu n'es qu'un imbécile !

– C'est donc moi l'imbécile ?

– Oui !

– Merci, mais je ne vais pas m'étaler par terre cette fois-ci pour que tu me battes, c'est fini, oui c'est fini, je vous souhaite bonne chance…

Il me jeta un regard de chiot malheureux avant de me tourner le dos et de regagner le bâtiment principal.

Je restai là un petit moment à me demander si je n'allais pas tomber dans un traquenard que les jumeaux avaient ourdi pour que je sois très mal vu auprès de Dieudonné Ngoulmoumako. Celui-ci pourrait facilement se débarrasser de moi en expliquant aux responsables du Parti congolais du travail que je n'étais qu'un petit valet local de l'impérialisme. Cela pourrait atténuer le calvaire qu'il vivait et peut-être le réhabiliter face aux intrus qui le poussaient à bout. De Loango je pourrais alors échouer directement à Boloko, cette prison dont on disait qu'elle n'accueillait plus que les adolescents récalcitrants qui incitaient leurs camarades à se détourner du chemin de la Révolution tracé par notre Guide, le président de la République.

Il ne me restait plus que quelques heures pour me décider. Prendre le risque d'aller avec les jumeaux ou demeurer près de celui pour qui j'avais une affection profonde. Je ne me voyais pas m'en aller sans lui. Et si un jour un avion atterrissait vraiment devant l'orphelinat ?

À minuit moins le quart, surmontant le poids des remords et la force de cette affection qui me liait à Bonaventure, je me levai. Je posai un dernier regard vers lui : il ronflait et son bras gauche pendait de son lit.

J'empruntai le couloir pour gagner le lieu de rendez-vous avec les jumeaux…

Nous avancions en file indienne, précédés par Petit Vimba qui, dans les ténèbres, me paraissait mesurer le triple de notre taille. Je n'avais pas confiance en ce gardien et je ne m'expliquais pas ce qui l'avait incité à nous offrir la liberté sur un plateau d'argent. Était-ce parce que tout s'écroulait dans cet orphelinat et que, comme des rats s'échappant de leur trou à cause d'un feu de brousse, chacun détalait pour sauver sa peau ?

Il ne fallait pas que j'ouvre ma bouche, et les jumeaux étaient catégoriques là-dessus : aucun bruit, ôter ses chaussures, se déplacer sur la plante des pieds afin de ne pas réveiller Dieudonné Ngoulmoumako, Mfoumbou Ngoulmoumako, Bissoulou Ngoulmoumako et Dongo-Dongo Ngoulmoumako car devant leur empire dont les soutènements tombaient les uns après les autres ils pourraient commettre l'irréparable.

La porte de sortie était désormais là, en face de nous, et Petit Vimba, sans se retourner, s'écarta pour nous laisser passer.

Au moment où nous avions enfin mis le nez dehors, mon sang ne fit qu'un tour : les surveillants Mpassi, Moutété et Mvoumbi étaient à l'extérieur, chacun avec un gourdin à la main. Ils demeuraient cependant immobiles et regardaient ailleurs.

– Ils sont avec nous, me souffla Tala-Tala, ils n'aiment pas les neveux du directeur…

Je me retournai pour jeter un dernier regard sur cet établissement dans lequel j'avais passé treize ans. La petite lumière que nous laissions dans le dortoir me paraissait terne, mais je pouvais distinguer dans le cadre de la fenêtre qui venait de s'entrouvrir la silhouette de Bonaventure : il nous regardait foncer dans la nuit tandis que la lourde porte cochère de l'institution se refermait derrière nous…

*

Les jumeaux m'imposaient une marche militaire. J'avais du mal à suivre leurs grands pas. Personne ne parlait, et je brisai ce silence.

– Je ne comprends toujours pas pourquoi Vimba nous a laissés nous en aller…

C'est Tala-Tala qui m'éclaira :

– Toi aussi tu croiras que ce genre de choses, ça ne se passe qu'au cinéma, eh bien non ! Comme tu le sais, ça faisait longtemps que nous entendions gémir Vieux Koukouba dans les toilettes quand il pissait. Avant-hier on a pris notre courage à deux mains, on est allés dire à Petit Vimba qu'on était capables de guérir le vieillard. Il nous a d'abord envoyés paître, mais il est revenu hier nous demander comment nous ferions pour soigner Vieux Koukouba alors que les médecins n'avaient pas pu. C'est là que nous lui avons expliqué que s'il nous laissait imposer nos petites mains au vieux la maladie disparaîtrait comme ça, comme de la fumée. Le problème c'est que Vieux Koukouba n'était pas partant, et

120

il fallait le convaincre. Dès qu'il a donné son feu vert parce que Vimba lui a dit qu'il n'avait plus le choix, qu'il pourrait mourir dans les jours qui venaient, il a finalement accepté, non sans bredouiller : « Si ces deux petits sorciers m'embobinent je me vengerai en Enfer, et je leur promets des flammes plus brûlantes que celles de la Géhenne ! » Petit Vimba est venu nous chercher en pleine nuit, nous avertissant, lui aussi, que si ça ne marchait pas il s'occuperait de nous dès l'aube et nous nous souviendrions de lui toute notre vie. Nous sommes allés dans le local des gardiens où le vieux nous paraissait si immobile qu'on croyait qu'il était déjà allé dans l'autre monde. C'est Petit Vimba qui a baissé le pantalon du malade, mais celui-ci a repris aussitôt connaissance et nous a obligés à fermer les yeux quand nous le soignerions. Nous avons posé nos quatre mains à la hauteur de sa chose-là pendant quelques minutes… Je sais, tu ne vas pas nous croire, mais tout d'un coup sa chose-là s'est dressée dans son pantalon comme si le vieux avait encore vingt ans. « Reculez ! », nous a-t-il ordonné. Il avait une envie pressante de faire pipi, et il a uriné dans le seau près de lui sans se gêner de notre présence. Il avait d'abord poussé un cri de douleur, sans doute parce qu'il en avait maintenant l'habitude, puis il s'est retourné vers nous pendant que les urines, abon-dantes et fumantes, se déversaient dans le seau. « Mais je pisse ! Je pisse normalement ! » Il voulait hurler sa joie, nous prendre dans ses bras, nous embrasser, mais il s'est calmé parce que si on nous avait surpris dans cette situation, je veux dire deux mineurs qui touchaient le sexe d'un adulte, est-ce qu'on aurait accepté que nous étions là pour le soigner, hein ? Pour le reste, comme c'était convenu, Vimba allait nous faciliter la fuite, avec également la complicité de Mpassi, Moutété

Pointe-Noire

Nous dormions dans le Grand Marché de Pointe-Noire avec d'autres adolescents que nous avions trouvés sur place, chacun occupant un étal et se comportant comme si celui-ci était sa propriété privée. Nous devions cependant déguerpir des lieux avant cinq heures du matin, heure à laquelle débarquaient les commerçants des quatre coins de la ville dans des camions dont le bruit des tuyaux d'échappement résonnait tels des pétards mouillés. Ceux que nous craignions le plus étaient les poissonniers et les vendeurs de légumes qui, au mois de novembre, arrivaient le week-end aux alentours de deux heures du matin. Ils nous regardaient de loin sans dire un mot, et rien que leur présence nous donnait des frissons. La légende rapportait en effet qu'ils vendaient autre chose que des poissons et des légumes, un commerce qui leur servait à maquiller leur sorcellerie. Dès le mois de novembre, ils transformaient le Grand Marché en lieu de rencontres avec les plus mauvais esprits de Pointe-Noire et troquaient les âmes des personnes qui allaient être « mangées » pendant les fêtes de fin d'année. Il ne s'agissait pas de dépecer ces personnes afin de les bouillir dans une marmite ! Chaque âme à vendre était symboliquement représentée par un poisson ou par un légume, et les individus ainsi vendus tombaient malades du jour au lendemain avant de mourir sans qu'on décèle de quoi ils avaient souffert malgré l'attention des docteurs et des guérisseurs qui avaient tous jeté l'éponge. Seuls les féticheurs qui se rendaient aux funérailles « voyaient » avec leur troisième œil que la personne avait été « mangée », que son âme avait été négociée au Grand Marché et qu'on n'y pouvait plus rien…

Ces poissonniers et ces vendeurs de légumes nous menaient la vie dure lorsque nous nous endormions d'un profond sommeil et oubliions de nous lever à temps parce que nous étions épuisés et que nous avions consacré la journée à errer ici et là, à piquer des brochettes de viandes que les vieilles mamans vendaient le long des grandes artères, à dérober des appareils électroménagers dans les magasins des Marocains de l'avenue de l'Indépendance pour les bazarder dans les bars, à affronter des bandes rivales qui contestaient notre présence dans la capitale.

Si les jumeaux parvinrent à prendre le contrôle du Grand Marché au détriment des autres bandes c'est parce que la plupart des personnages que nous avions trouvés là étaient leurs anciens camarades à l'orphelinat de Pointe-Noire, et ceux-ci n'oubliaient pas qu'à l'époque les deux frères avaient crevé l'œil d'un garçon plus âgé qu'eux. Ce n'était, à mon avis, pas la raison principale qui les avait installés comme les vrais caïds de ce marché. Je crois que c'était surtout parce qu'ils avaient bravé ce jeune homme qui se faisait appeler Robin le Terrible et qui faisait la pluie et le beau temps dans les parages avant notre arrivée.

Robin le Terrible était à la tête de la bande la plus structurée, la plus crainte et la plus ancienne de Pointe-

Noire. Le face-à-face ne se fit pas attendre et eut lieu dès que Robin le Terrible apprit que des jumeaux essayaient de le supplanter et se déclaraient désormais comme les maîtres de son territoire. Il se précipita avec dix membres de sa bande devant le restaurant Chez Gaspard où nous avions l'habitude de passer la journée à attendre que les clients nous donnent quelques pièces à leur sortie. Notre bande ne comptait alors à peine qu'une dizaine d'individus dont la plupart étaient des poltrons qui ne posaient aucun acte de courage sans que les jumeaux soient à leurs côtés.

Dès que je vis Robin le Terrible je sentis mes jambes me lâcher, mais je m'efforçai de ne pas montrer aux jumeaux que j'étais intimidé par ce gaillard très sombre de peau avec une musculature de pêcheur béninois. J'avais entendu parler de sa « légende » par quelques garçons qui nous avaient rejoints et qu'il avait éjectés de son groupe juste par son humeur dont ils prétendaient qu'elle variait pour un oui ou pour un non. Il était surnommé Robin le Terrible parce qu'il se prenait pour Robin des Bois, le héros du Moyen Âge qui se cachait avec sa clique de brigands dans une forêt d'Europe et dépouillait les riches pour redistribuer aux pauvres. Sauf que Robin le Terrible n'avait jamais mis les pieds dans une forêt et dépouillait indifféremment les riches et les indigents. Ces mêmes garçons racontaient aussi que son obsession pour Robin des Bois remontait à son enfance où, après l'école, il s'enfermait dans la bibliothèque de l'église Saint-Jean-Bosco, lisait les aventures de son personnage préféré et mettait enfin un visage sur son nom. Malgré les illustrations en couleur de ce livre qui le captivait, il s'emmêlait les pinceaux, revenait à la page d'avant, la relisait à haute voix et se grattait le crâne, se demandant : « Pourquoi Petit Jean, cet ami de Robin des Bois, s'appelle-t-il ainsi alors qu'il n'est pas petit, qu'il est au contraire grand, robuste et que dans la forêt c'est lui le chef des hors-la-loi ? » Quelques pages plus loin, il sautait presque de joie lorsqu'il comprenait enfin que Petit Jean avait été à la tête de ces brigands avant l'apparition de Robin des Bois et qu'il n'était pas du genre à céder une parcelle de son influence sans livrer bataille. Petit Jean et Robin des Bois s'étaient donc défiés dès leur première rencontre car un coq qui tient sa basse-cour ne laisse pas un nouveau venu s'imposer et donner l'impression au reste de la volaille que ce sera désormais à lui d'annoncer le lever du jour. Il admirait le courage de Petit Jean qui avait exigé de Robin des Bois un duel au bâton avant que les deux ne deviennent les meilleurs amis du monde. C'était une des leçons de survie qu'il allait apprendre très tôt et qui allait lui servir plus tard dans les rues de Pointe-Noire où, pour se faire respecter, il ne suffisait pas de gronder, il fallait également grossir ses muscles et défendre son territoire par tous les moyens. Si l'adversaire était plus fort, alors il valait mieux, comme Petit Jean, fumer le calumet de la paix avec lui, en faire son allié et non son adversaire.

Plus tard, lorsqu'il abandonna l'école, il s'échappa du domicile parental pour vivre, disait-il, comme Robin des Bois. Il y avait une petite forêt vers le quartier Comapon qui ne comptait que quelques eucalyptus et des manguiers ne donnant même plus de fruits. Robin le Terrible s'ennuyait à mort au pied d'un des eucalyptus, aucun gamin n'acceptant de le suivre dans son aventure. Il raya de son esprit l'idée de la forêt et devint un adolescent traînant dans les rues de Pointe-Noire car pour lui ces rues étaient aussi des forêts. Il se fit fabriquer un arc, s'habilla avec des vêtements qu'il prétendait être du Moyen Âge alors qu'il les dérobait aux puces du port de Pointe-Noire, sauf le capuchon vert qu'il s'était fait confectionner chez les couturiers maliens du Grand Marché et que tout le monde lui enviait. Il était ainsi le seul jeune bandit de la ville à se trimbaler avec un arc et des flèches. Encore fallait-il savoir manier cette arme en apparence rudimentaire mais qui réclamait quand même de son utilisateur une véritable connaissance, donc une pratique régulière qui lui faisait défaut. Or rien qu'à la vue de son accoutrement et de son arme, les bandits de Pointe-Noire, en particulier ceux du Grand Marché, détalaient ou s'agenouillaient devant lui. Il avait tout le territoire à lui, et il était arrivé qu'on lise le récit de ses aventures dans les journaux de la ville.

Songi-Songi et Tala-Tala menaçaient son règne. Robin le Terrible n'était pas dupe : il n'ignorait pas que la gémellité couvait des mystères. Aussi était-il venu demander aux jumeaux d'être les adjoints de sa bande.

– Le pouvoir ne se donne pas, lui répondit sèchement Tala-Tala. C'est à toi d'être notre adjoint, sinon il faudra te battre et montrer à tes hommes que tu es plus fort que nous !

– C'est facile à dire quand on est deux à vouloir se battre contre un !

Les jumeaux se regardèrent, et Songi-Songi proposa :

– Tu garderas ton arc et tes flèches, nous on se battra à mains nues !

Nous autres de la bande des jumeaux ne tenions plus debout. Pourquoi proposaient-ils un combat aussi inégal ?

Robin le Terrible sauta sur l'occasion et prit la position de tir. Avant même que sa main droite ne tende la corde de l'arc, Songi-Songi bondit tel un félin sur lui et s'empara de son arme pendant que Tala-Tala lui arrachait son carquois. Tout cela se passa si vite que dès que nous avions cillé et rouvert les yeux de stupéfaction, Tala-Tala utilisait une flèche pour crever l'œil droit de Robin le Terrible tandis que les membres de sa bande, terrorisés, prenaient les uns après les autres leurs jambes à leur cou. Les cinq ou six qui restèrent – parce que la peur les empêchait de s'enfuir – firent allégeance aux jumeaux et entrèrent dans notre bande.

Pendant que nous quittions les lieux parce que sous le bruit des sirènes de la police, Robin le Terrible décampait également parce qu'il était conscient que les policiers ne s'apitoieraient pas sur son œil mais allaient plutôt lui demander des comptes sur les délits et peut-être les crimes qu'il avait commis dans la ville depuis qu'il se prenait pour Robin des Bois.

Robin le Terrible supplia plus tard les jumeaux de faire partie de notre groupe.

– Je ne vais plus être Robin des Bois, mais au moins laissez-moi être Petit Jean…

Tala-Tala, coriace, lui répondit :

– Tu ne seras plus ni Robin des Bois, ni Robin le Terrible, c'est fini ! Tu ne seras pas non plus Petit Jean parce que nous avons déjà notre Petit Jean, mais nous l'appellerons « Petit Piment » parce qu'il a fait ses preuves avec du piment, et toi tu ne seras qu'un membre de la bande parmi les autres…

Robin le Terrible ressemblait désormais à un pirate avec son bonnet vert et son œil qu'il couvrait à l'aide d'un tissu. À force d'être la risée de ceux qui tremblotaient jadis lorsqu'il apparaissait, le jeune homme disparut de la circulation. Nous ne le voyions plus au Grand Marché jusqu'au jour où quelqu'un de son ancienne bande vint nous apprendre qu'on avait repêché dans la rivière Tchinouka le corps de son ancien patron poignardé et jeté dans le courant par des bandits du quartier Mbota dont le chef lui reprochait d'avoir autrefois piqué les économies de sa vieille maman au Grand Marché…

Après une année et demie à vivre sous la protection des jumeaux et à exécuter toutes sortes de besognes – voler des mobylettes ou des pneus de voitures, détrousser les Blancs du centre-ville, tendre des embuscades aux amoureux vers le pont des Martyrs pour leur piquer leur portefeuille, je me sentais de plus en plus comme leur adjoint. J'étais fier de mon surnom de Petit Piment, car cela voulait dire qu'ils reconnaissaient que je n'étais pas un poltron. Beaucoup dans notre bande croyaient à tort que je devais mon sobriquet au fait que je fourrais mon nez partout – on disait, pour me charrier, que j'avais un groin – et que j'étais aussi excité qu'un moustique d'étang. En effet rien ne m'échappait, j'étais derrière chaque coup fourré des jumeaux, j'en étais parfois l'instigateur bénévole parce qu'à la fin lorsqu'ils se partageaient les dividendes je me retrouvais comme un chien qui s'était débattu pour chasser et que les maîtres ne gratifiaient même pas d'un petit os.

Comme j'étais leur éclaireur, je savais désormais où se réunissaient nos filous récidivistes, nos escrocs sans génie, nos larrons qui ne s'entendaient pas dans une fête foraine, nos voleurs de pneus Michelin, nos apprentis cambrioleurs, nos pickpockets au coutelas sans manche, nos aigrefins au casier judiciaire tellement surchargé que le juge, dépité, les relâchait une heure plus tard en les menaçant :

– Que je vous y prenne encore ! Y en a marre des petits escrocs qui retardent ma retraite !

Non seulement je m'étais transformé physiquement, mais je parlais aussi comme les membres du groupe et j'avais donc réussi à me départir de cette expression soignée qu'on exigeait de nous à Loango. C'était à mon tour de rêver d'être Robin des Bois, de vouloir porter son nom comme sobriquet et de posséder ce que le défunt Robin le Terrible n'avait pas pu avoir : le grand cœur de ce personnage. Et, quand d'aventure je croisais un voleur de mangues ou de papayes poursuivi par un cul-terreux du Grand Marché, je courais après le poursuivant, je lançais aussitôt ma petite patte d'emmerdeur, le cul-terreux se retrouvait par terre tandis que le délinquant, à ma grande satisfaction, prenait la poudre d'escampette et levait son pouce droit pour me remercier. C'était ma façon de redistribuer les richesses aux miséreux parce que je me disais que ces pauvres brigands agissaient de bonne foi et reprenaient les biens accumulés par les méchants capitalistes de notre agglomération. Mais les jumeaux remirent les pendules à l'heure et me firent comprendre que ces histoires de Robin des Bois ne pouvaient plus être d'actualité, sans quoi les bandits mettraient tous la clé sous le paillasson. Ils insistèrent pour que je garde mon sobriquet de Petit Piment et mon rôle d'adjoint, et s'ils me reprenaient à piquer des choses au Grand Marché et à les redonner aux indigents de la mosquée ou du rond-point Lumumba comme je le faisais, je devrais affronter leur colère et donc me battre avec eux et risquer de perdre mon œil droit…

Dans notre bande nous acceptions tout le monde. Je sympathisais beaucoup avec les paralytiques qui estimaient que c'était ridicule, choquant, voire inadmissible d'avoir deux jambes, mais aussi avec des aveugles capables de retrouver une aiguille dans une botte de foin ou des borgnes qui se prêtaient à tour de rôle leur œil en bon état en contrepartie de leur repas ou de leur casier de bière.

Je leur disais :

– Comme vous êtes aveugles, pourquoi vous ne vous entendriez pas avec les paralytiques, comme ça ils verraient les choses à votre place et vous, vous marcheriez pour eux ?

Or ces malvoyants ne voulaient pas entendre parler de l'amitié des paralytiques et des aveugles. Les deux camps étaient d'ailleurs les pires ennemis. Quand ils mangeaient ensemble les aveugles se plaignaient et accusaient les paralytiques de choisir les gros morceaux.

– Comment vous savez qu'on a pris de gros morceaux alors que vous êtes aveugles ? leur demandaient les paralytiques.

Les aveugles répondaient :

– Un morceau de viande est gros lorsqu'on passe plus de quarante secondes à le mastiquer avant de l'avaler !

J'allais côtoyer d'autres personnages comme L'Esprit Sein, un pervers de vingt ans qui dessinait des seins de vieilles dames sur les façades des bâtiments publics et prétendait que cela lui vaudrait une entrée au paradis sans faire la queue avec nous autres qui étions incapables de reconnaître son art mammaire. De tous les gens du Grand Marché il était le plus mesuré, et je pouvais compter sur lui chaque fois que j'avais quelques soucis, même avec les jumeaux.

Que dire de ce bègue unijambiste qui répétait sans cesse : « *Grosso modo ne veut pas dire peut-être, mais à peu près !* », ou encore de la cohorte de ces ouailles des églises pentecôtistes enragées contre les pasteurs qui leur avaient promis monts et merveilles et ne leur avaient montré ni les monts ni les merveilles ? Ils soutenaient que le chemin du paradis passait par la Côte sauvage, et ils allaient la contempler à quatre heures du matin, essayaient en vain de marcher sur l'eau parce que leur gourou leur avait mis dans le crâne que puisque Jésus avait réussi cette prouesse, ses adorateurs pouvaient faire de même les doigts dans le nez et au grand dam du diable. Les pompiers avaient eu parfois à secourir ces croyants lorsqu'ils se noyaient et criaient au secours alors que normalement quand on veut se donner la mort ça ne sert à rien de déranger les gens qui veulent continuer à vivre…

Nous nous étions retirés vers la Côte sauvage après une opération très médiatique menée par la mairie contre les « moustiques du Grand Marché ». En clair, nous étions des insectes nuisibles qui incommodaient François Makélé, le premier citoyen de la ville. Il se présentait pour son quatrième mandat, et ses portraits étaient affichés à toutes les intersections de l'agglomération. Lorsque je m'arrêtais devant l'un d'eux, je constatais son sourire fourbe qui me rappelait, deux années et demie plus tôt, celui de Dieudonné Ngoulmoumako lorsqu'il apparut sur l'estrade du bâtiment principal de l'orphelinat de Loango pour nous annoncer la Révolution. Ce qui comptait pour François Makélé c'était d'être réélu et, pour cela, il utilisait les moyens les plus spectaculaires. En nous qualifiant de « moustiques du Grand Marché » il avait trouvé l'argument qui suscitait l'antipathie de la population à notre encontre. Sur une des affiches de sa campagne électorale, il était en train d'asperger du Fly-Tox sous les tables du Grand Marché…

François Makélé nous diligentait chaque fois des miliciens armés de pompes à eau, de gourdins et de bombes lacrymogènes. C'était une bataille au-dessus de nos forces. Nous étions contraints de battre en retraite. Et donc d'aider François Makélé à garder son fauteuil puisqu'il bombait les pectoraux, laissant entendre qu'il avait réussi à débarrasser le Grand Marché de Pointe-Noire de sa racaille.

★

À la Côte sauvage, nous pouvions enfin respirer.

Nous étions contraints de préparer notre nourriture nous-mêmes alors que jusque-là nous nous « servions » au Grand Marché. Quand je dis nourriture je parle de la viande de chat ou de chien parce que Songi-Songi et Tala-Tala étaient de la tribu des Bembés et que certains de leurs amis étaient des Tékés. Au départ, si on m'avait dit que j'allais manger ces viandes-là, j'aurais réfléchi quatre fois et demie avant de fourrer de gros morceaux dans ma bouche qui n'avait d'ailleurs jamais su séparer le bon grain de l'ivraie et qui avait de toute façon une préférence pour l'ivraie et une répugnance pour le bon grain. En principe, lorsqu'on a faim le ventre nous pousse à accomplir n'importe quoi, et si ça se passe très mal dedans, il accuse injustement les yeux de n'avoir pas été vigilants. En plus je ne voyais pas à quel moment les jumeaux et leurs amis tékés attrapaient ces animaux domestiques.

Je n'avais été au courant que bien plus tard que je me nourrissais de la viande de chien et de chat depuis des semaines entières. Un jour je surpris les Bembés parler d'un gros chat noir qui avait l'habitude de faire ses besoins dans le sable de la Côte sauvage et de les recouvrir discrètement. Je les vis préparer un piège que j'ai du mal à décrire ici. C'était, si je m'en souviens bien, un récipient en aluminium qu'ils avaient traficoté en suivant de près une méthode héritée de leurs ancêtres, avec un couvercle qui se refermait en une fraction de seconde dès que l'animal tentait de s'emparer de l'appât disposé à l'intérieur. Ils affriolaient les malheureux félins avec de la pâte d'arachide que les chats adorent – et c'est pour cela qu'ils avaient préféré rester des animaux domestiques au lieu d'aller vivre en brousse où ils seraient peinards et loin des Bembés. Or les chats ne savent pas que la vraie liberté c'est dans le monde sauvage. Ils n'ont apparemment jamais lu la fable du rat des villes et du rat des champs parce que, s'ils l'avaient lue comme moi à la bibliothèque à Loango, ils auraient opté pour vivre en brousse où les rats des champs mangent à loisir, leur plaisir n'étant pas corrompu par la crainte comme c'est le cas pour les rats des villes.

Les amis bembés et tékés des jumeaux faisaient donc payer très cher aux chats leur opiniâtreté de vivre avec l'homme, et ce jour-là, au coucher du soleil, le gros matou noir s'aventura vers la mer, non pour se désaltérer, mais pour se soulager puis cacher ses excréments et son pipi que depuis les temps lointains son espèce avait honte d'exposer au grand jour alors que les chiens ne se retenaient pas d'étaler leurs crottes à chaque carrefour au point que le maire François Makélé était obligé de mettre des pancartes demandant à leurs maîtres de les ramasser sous peine d'amende.

L'erreur de ce matou noir était de déféquer chaque fois dans le même périmètre carré. Et ce jour-là donc, au lieu de se concentrer sur ce qu'il avait à faire, ses oreilles et sa queue se dressèrent dès qu'il sentit l'odeur prégnante de la pâte d'arachide dans les environs. Il n'en croyait pas ses yeux et ses narines puisqu'il se retournait, se léchait les babines, regardait vers nous qui étions à quelques dizaines de mètres de lui. Il scruta le récipient en aluminium, sans doute étonné de le voir dans son petit territoire. Il crut que c'était une poubelle que les habitants avaient mise là afin que les gens ne salissent plus les lieux et jettent leurs ordures à l'intérieur. Il pensa aussi que ce qu'il y avait dans une poubelle appartenait naturellement au premier animal venu, et il n'était pas question qu'il se fasse doubler par la horde des chiens rachitiques qui envahissaient la Côte sauvage parce que dans les quartiers populaires la crise les conduisait jusqu'à manger des sachets en plastique, des cafards ou, les jours de chance, des volailles putréfiées qu'ils devaient se partager avec les reptiles de toutes sortes dont la dangerosité était proportionnelle à leur fringale.

D'un bond déterminé, le matou noir se retrouva dans le récipient en aluminium, et on entendit le bruit sec et rapide du couvercle qui se referma aussitôt sur lui.

Je ne comprenais pas encore ce qu'il se passait. C'était un jeu, me disais-je pour me rassurer. Or les jumeaux applaudissaient, éructaient, embrassaient les Tékés, et les Tékés aussi éructaient, embrassaient à leur tour les jumeaux, et quand ils voulurent tous m'embrasser, je reculai de quelques pas car je venais enfin de me rendre compte de la réalité. Je me détachai du groupe et me mis à courir telle une fusée vers le récipient afin de secourir l'animal qui se débattait comme dix chats. Les jumeaux se lancèrent à mes trousses, l'un d'eux me faucha, l'autre m'immobilisa et m'envoya un coup de poing dans le ventre. Je fermai les yeux de douleur et, au moment où j'allais les rouvrir, je sentis comme un coup de marteau qu'on m'assenait sur le nez. C'était le bègue unijambiste qui me frappait à l'aide de la chair qui lui restait en lieu et place de sa jambe amputée.

Alors que le sang giclait de mes narines, le bègue unijambiste me hurlait dessus :

– Grosso… grosso… grosso… Grosso modo ne veut pas dire peut-être, mais à peu près !!!

Les jumeaux me traînèrent par terre jusqu'à l'endroit où le chat était captif et se débattait tel un diable.

– Tu vois ce seau ? me demanda Songi-Songi.

– Tu sais ce qu'il y a dedans ? ajouta Tala-Tala. C'est notre nourriture de ce soir ! Depuis trois jours on revient bredouille des quartiers de Pointe-Noire. La concurrence devient dure depuis la période des élections, et il faut vivre par tous les moyens !

Le bègue unijambiste rapprocha son visage du mien :

– Et… et… et c'est toi qui le bouilliras et le dépèceras, ce chat !

Derrière les jumeaux et les Tékés, j'aperçus les silhouettes de ces trois types étranges que nous appelions « Les Trois Moustiquaires » parce qu'ils se couvraient de moustiquaires du matin au soir, convaincus que les moustiques de la Côte sauvage ne s'en prenaient qu'à eux.

Les Trois Moustiquaires ? En réalité, avec leur complice le bègue unijambiste, ils étaient quatre, même si ce dernier ne se couvrait pas d'une moustiquaire comme eux. Puisqu'il n'avait plus son autre jambe, le bègue ne pouvait pas occuper avec une moustiquaire l'un de ses bras qui comblait l'absence de sa jambe gauche. S'il avait eu la totalité de ses membres, il se serait comporté comme les trois autres Moustiquaires. C'est à partir de ce soir-là que je constatai que nous avions en fait quatre Moustiquaires avec nous, et le quatrième, le bègue unijambiste, était le plus jeune et le plus fougueux, il avait quatorze ans…

Après l'épisode du chat noir, je ne dormais presque plus. Je voyais la tête de cette bête, j'entendais ses miaulements de désespoir. Je m'enquis auprès de L'Esprit

141

Sein qui était en train de dessiner un sein géant sur le sable, mais il me cueillit à froid :

– Attention à mon sein ! Si tu marches dessus je te crève un œil !

– En fait je suis venu te parler de…

– Je sais, je sais… Le chat qu'on a mangé te poursuit, c'est ça ? Écoute, ça fait plusieurs semaines que tu avales des morceaux de chat et de chien et…

– Je ne le savais pas !

– Chez nous les Tékés on dit : « Quand on mange une chèvre il ne faut jamais la regarder droit dans les yeux car elle aura forcément une apparence humaine ! » Tu as voulu sauver cet animal, on t'a forcé à le préparer, tu t'es donc accoutumé à son visage, et ça te travaille…

– Pourquoi ce chat ne poursuit pas les Trois Moustiquaires et s'en prend à moi qui voulais pourtant le sortir du seau ?

– Parce que tu as été plus cruel que les Trois Moustiquaires…

– C'est faux !

– Alors pourquoi tu as mangé un chat que tu voulais sauver ? Les Trois Moustiquaires ne t'ont pas forcé à le manger, je t'ai vu te servir deux fois !

Je gardai le silence, confus. Il me tourna le dos en murmurant :

– Maintenant, ne me dérange plus, laisse-moi terminer mon sein avant le coucher du soleil… De toute façon ce chat polluait les environs, en plus il grossissait, commençait à se métamorphoser en fauve, et s'il était parvenu au bout de sa mutation en panthère comme ça se passe dans nos villages là-bas, c'est lui qui nous aurait bouffés sans autre forme de procès…

Je ne me voyais pas passer mon existence au milieu de cette bande d'éclopés qui ne faisait que grossir chaque semaine, chaque mois, au point que je ne connaissais plus certains et que je m'engueulais sans cesse avec d'autres afin de m'imposer puisque tout le monde se prenait pour l'adjoint des jumeaux et que ceux-ci ne disaient rien afin de me rétablir dans mon statut. C'était pire que dans la fameuse cour du roi Makoko où le monarque ronflait pendant que les Batékés festoyaient. Les jumeaux étaient devenus distants, je ne les voyais pas parfois pendant une semaine. Ils ne travaillaient plus, confiaient certaines missions importantes à de nouvelles têtes qui me narguaient en me tirant la langue...

Je commençais presque à regretter ma vie antérieure, et la tristesse s'abattait sur moi lorsque je pensais à mon ami d'enfance. Oui, je me demandais ce qu'était devenu Bonaventure et pourquoi il avait refusé de me suivre. Nous serions aujourd'hui ensemble. Nous découvririons les artères ponténégrines. Il me poserait ce genre de questions qui m'agaçaient, faussement naïves, mais très profondes. Nous célébrerions tous les deux notre majorité dans deux ans et demi.

Je chassais ces pensées de mon esprit car je me sentais à la fois égoïste de n'avoir songé qu'à ma petite personne, de n'avoir pas su convaincre mon meilleur ami ou alors de n'avoir pas choisi de rester avec lui – ce qui aurait été plus logique.

Qu'étaient devenus les autres personnages de Loango ? Dieudonné Ngoulmoumako était-il encore directeur ou avait-il été incarcéré à la suite des contrôles répétés du ministère de la Famille et de l'Enfance ? Vieux Koukouba jouissait-il toujours du plaisir d'uriner enfin normalement depuis que les jumeaux avaient soigné son infection urinaire chronique ?

Non, je ne voulais plus regarder en arrière. J'assumais désormais mon égoïsme et je vivais ma liberté de chien errant dans une ville qui semblait tout broyer. Mais je devais survivre, et j'allais tout faire pour cela car, après trois années passées à comprendre les secrets de cette agglomération labyrinthique, je découvris seul les endroits les plus populaires comme les quartiers Bloc-55, Mouyondzi, Comapon, Mbota, Voungou, ou Mongo-Kamba.

C'est pendant ces instants de vagabondage que je me retrouvai dans le quartier Trois-Cents, où je fis la connaissance d'une femme qui allait changer mon destin. Pour le meilleur ou pour le pire. Cela dépend de comment on percevrait les choses…

C'était un dimanche après-midi. Je traînais dans le quartier Trois-Cents, non loin du cinéma Rex, lorsque je tombai sur cette dame, petite de taille, vêtue tout de rouge avec un foulard blanc et qui s'apprêtait à traverser l'avenue de l'Indépendance, plusieurs sacs de courses dans les mains. Des hommes jouant au damier sur le trottoir devant le bazar d'un Syrien la sifflaient, sans doute à cause de son derrière qu'elle faisait bouger volontairement de haut en bas, puis de gauche à droite. C'était sa façon de faire un pied de nez à ces impolis qui lui lançaient quelques piques grivoises.

Je m'empressai vers elle et lui proposai mon aide. Elle parut surprise, sans doute parce que ce n'était pas ainsi que les adolescents du quartier agissaient. Elle se méfiait néanmoins que je disparaisse avec un ou deux de ses sacs et se retournait presque tous les deux pas. Afin de la rassurer, je m'avançai jusqu'à sa hauteur, et nous marchions côte à côte, donnant l'impression à ceux qui nous croisaient que j'étais son boy.

Nous sommes entrés dans une vaste parcelle avec une grande maison principale et un petit appartement à part. Dix filles, les unes plus belles que les autres, vinrent l'entourer et s'emparèrent des sacs qu'elles commencèrent à déballer.

– Ne grillez pas trop le poisson, les filles. Et puis, ne faites pas comme la fois dernière où vous avez trop cuit les bananes plantains ! C'était vraiment dégoûtant !

Puis, me montrant du doigt, elle dit aux filles :

– Ce petit monsieur que vous voyez là m'a aidée à porter les courses, et ce n'est pas moi qui le lui ai demandé ! C'est rare, non ?

Elles me considéraient toutes des pieds à la tête. Je portais des tongs attachées par des fils de fer, un coupé décati et une chemise à manches longues trouée au niveau des coudes. Pendant que je me demandais s'il fallait que je reste là debout comme un imbécile ou que je ressorte de cet endroit dans lequel je me sentais néanmoins en très bonne compagnie, la femme que je venais d'aider me demanda :

– Comment tu t'appelles, au fait ?

– Petit Piment…

Elle sursauta :

– C'est pas un nom ça ! Tu dois bien avoir un vrai nom comme tout le monde ?

Puisque je ne bronchais pas, elle soupira :

– C'est pas grave, on t'appellera ainsi ! Moi-même je m'appelle bien Maman Fiat 500 !

Elle sortit un billet de dix mille francs CFA et me le tendit.

– Voilà, Petit Piment, c'est pour toi, achète-toi une chemise et un coupé parce que ce que tu portes là, mon Dieu, on dirait que tu habites dans une grotte !

Les filles éclatèrent de rire, mais Maman Fiat 500 fronça les sourcils :

– Hé, je ne veux pas de ces rires ici ! Depuis que je vis dans cette ville, c'est la première fois qu'un petit du quartier Trois-Cents se montre aussi gentil à mon égard.

D'une voix timide, je bredouillai :

– En fait je ne suis pas du quartier Trois-Cents, je passais par là et…

– Tout s'explique alors ! me coupa-t-elle. Si tu étais d'ici cela m'aurait étonnée que tu portes les courses de celles que tout le monde appelle les *bordèles* parce que les gens t'auraient regardé de travers…

Puis, me caressant le crâne elle ajouta :

– Reviens quand tu veux, tu seras chez toi ici, n'est-ce pas les filles ?…

– Reviens quand tu veux, tu seras chez toi ici, reprirent les filles en chœur, ce qui me fit aussitôt penser aux séances de catéchisme avec Papa Moupelo, mais là encore je chassai ces images et quittai les lieux sans me retourner, sachant qu'elles avaient les yeux posés sur moi.

C'était la première fois de ma vie que je m'étais retrouvé seul avec autant de femmes…

Le soir, à la Côte sauvage, autour du feu qui crépitait et d'une viande douteuse qui cuisait et que je n'allais pas manger cette fois-ci, je racontai aux jumeaux mon escapade dans le quartier Trois-Cents.

– Donc tu prétends qu'une *bordèle* t'a donné dix mille francs CFA, c'est ça ? s'étonna Songi-Songi.

– D'habitude c'est les gens qui leur donnent de l'argent ! ironisa Tala-Tala. Montre-nous ce billet !

Je le sortis de la poche de mon coupé, et Songi-Songi me l'arracha presque en me tordant les doigts :

– Ça fait deux semaines que tu n'as pas cotisé comme les autres !

Je trouvais qu'ils exagéraient, car ces deux semaines correspondaient à leur absence de la Côte sauvage. Aussitôt revenus, ils n'avaient de cesse de récolter les cotisations des membres de la bande. Je me dépossédai de mes dix mille francs CFA sans opposer de résistance…

Les après-midi je rendais désormais visite à Maman Fiat 500 et à celles qu'elle appelait affectueusement ses « filles ». Je restais des heures et des heures dans sa parcelle et j'étais heureux lorsqu'elle m'envoyait acheter de la boisson pour ses clients ou des pilules contraceptives, des capotes anglaises ou des médicaments pour calmer les douleurs des règles.

Un jour, alors que nous mangions tous les deux dans son appartement, sans qu'elle me pose la question, je lui dévoilai que contrairement à ce que les filles et elles pensaient encore, je n'étais pas un de ces adolescents des rues de Pointe-Noire et que j'avais fui l'orphelinat de Loango il y avait maintenant presque trois années. Je lui avouai que mon vrai nom était *Tokumisa Nzambe po Mose yamoyindo abotami namboka ya Bakoko.*

Elle faillit avaler son morceau de manioc de travers :

– Quel imbécile a eu l'idée de te coller un nom aussi prétentieux ?

Je lui parlai alors de Papa Moupelo et de sa danse des Pygmées du Zaïre. Sans m'en rendre compte je mimais cette danse pendant que je racontais comment Papa Moupelo l'exécutait. Maman Fiat 500 opinait du chef, et je la voyais, elle aussi, remuer les épaules et, me prenant de court, elle se mit debout, commença à bouger des reins, leva très haut les bras, poussa un cri du fond de sa gorge et s'immobilisa comme une statue, ses yeux bien écarquillés sur moi ! Je ne fus plus étonné de sa prestesse lorsque je me rappelai qu'elle était du Zaïre comme Papa Moupelo, sans doute de la même ethnie et que c'était donc normal qu'elle maîtrise la danse des Pygmées qu'elle réussissait d'ailleurs mieux que Papa Moupelo. Chez elle tout était question de finesse et de suggestion. Peut-être parce qu'elle fermait les yeux et que pendant ce temps j'en profitais pour admirer ce corps en mouvement, ce derrière tracé sans hésitation au compas et cette poitrine qui semblait porter deux gros fruits mûrs que n'importe qui aurait voulu cueillir et mordre à pleines dents.

Je lui parlai également de la Révolution socialiste scientifique qui avait frappé aux portes de l'orphelinat et précipité la fin d'une époque. Elle avait le regard sombre quand j'évoquais Sabine Niangui, son attention très maternelle et les soins qu'elle me prodiguait jusqu'à sa disparition. De même, l'image de Vieux Koukouba souffrant d'une infection urinaire la toucha. Ma voix s'éleva tout d'un coup, aggravée par une sorte de mépris en me remémorant Dieudonné Ngoulmoumako et ses neveux surveillants de couloir.

Maman Fiat 500 me fixait tellement droit dans les yeux que je baissai peu à peu la voix, me recroquevillai et finis par me taire. Quelques larmes dégoulinaient de mes joues. Elle les essuya à l'aide d'un bout de son pagne avant qu'elle ne se livre à son tour.

Je découvrais une vraie conteuse qui prenait son temps, modulait sa voix comme pour convoquer mon émotion :

– Mon Petit Piment, tous les hommes qui m'ont eue dans leur lit m'ont proposé de vivre avec eux, de quit-

150

ter leurs femmes, leurs enfants. Ils m'ont promis des châteaux, des Mercedes, et que sais-je encore, mais je sais que le plaisir fait dire des choses qu'on finit par regretter des années plus tard. En cela les hommes ne changeront pas, ils sont capables de n'importe quelle folie une fois qu'ils sont dans vos bras. Je peux te dire que ce corps que tu vois a été vu et touché aussi bien par des pousse-pousseurs crasseux que par les plus hautes personnalités de mon pays là-bas, et même de ce pays-ci. Ce commerce, c'est ma vie, c'est ce que je sais faire de mieux, mon petit, et c'est ce qui m'a conduite dans ce pays. Quand je ne pourrai plus l'exercer, alors je plierai bagage, je retournerai tranquillement sur ma terre natale au fin fond de mon village de Bandundu où je cultiverai la terre en épiant le cycle des saisons. Je n'ai pas eu d'enfants, mes sept frères ont tous quitté le pays, trois d'entre eux vivent à Bruxelles et se sont mariés avec des Blanches, deux se débrouillent en Angola dans le commerce d'alimentation et les deux derniers errent dans les métros parisiens où ils jouent de la musique à la sauvette d'après les échos qui me reviennent de la bouche des vacanciers. Il y a comme un mur entre nous, je ne suis à leurs yeux que la honte de la famille. Je n'ai plus de nouvelles de tout ce monde depuis, peut-être parce qu'ils m'en veulent d'avoir suivi le chemin tracé par ma mère…

Elle marqua un arrêt, comme pour vérifier que je n'avais pas été choqué par ses révélations.

– Était-ce vraiment la faute à ma mère ? Seul Dieu est capable de juger nos actes, Petit Piment. A-t-on jamais cherché à savoir ce qu'il y a derrière chaque femme qui marchande ses attributs, hein ? Pense-t-on que c'est une activité qu'on choisit comme certains choisissent de devenir coiffeur ou charpentier ? On ne naît pas pute, on le devient. Un jour ou l'autre, on se regarde dans la glace, l'horizon semble bouché parce qu'on est au pied du mur. Et puis on franchit le pas, on propose à un passant son corps avec un sourire de circonstance, parce qu'il faut aguicher comme dans tout commerce. On se dit que ce corps, même si on le déprécie un soir, on le lavera le lendemain afin de lui rendre sa pureté. Et on le lave une fois avec de l'eau de Javel, on le lave deux fois avec de l'alcool, puis on ne le lave plus du tout, on assume désormais ses actes parce que les eaux de la terre ne pourront jamais procurer de la pureté à qui que ce soit. Si c'était le cas, avec ces rivières, ces fleuves, ces mers, ces océans qui coulent sur cette terre il n'y aurait ici bas que des femmes et des hommes purs et innocents. Je n'ai fait que suivre le destin que Dieu a voulu me donner même si on ne regarde de moi que la maquerelle qui gouverne des filles ramenées de son pays. Je suis la mauvaise herbe, mais je fais aussi le bonheur de plusieurs hommes dans ce quartier, et c'est déjà ça. Depuis mon enfance, et comme mon père avait déserté le foyer, ma mère me préparait à cette activité, celle qu'elle avait elle-même exercée jusqu'à la fin de ses jours. C'est grâce à ce commerce que nous avions eu un toit à nous, mes sept frères et moi. Lorsque les filles de notre village s'amusaient à la poupée, ma mère, elle, m'expliquait ce qui pourrait retenir un homme : la cuisine et le sexe, disait-elle, car tout le reste n'est que chimères, y compris la beauté. Une femme belle qui cuisine mal et qui bâille au lit se fera supplanter par une laide qui sait préparer un plat de saka-saka et qui envoie son amoureux au-delà du septième ciel…

Je sus au fur et à mesure que Maman Fiat 500, Maya Lokito de son vrai nom, se faisait appeler ainsi parce qu'à l'époque où elle travaillait au Zaïre elle possédait un petit véhicule, et c'était une vraie Fiat 500 blanche. Elle était fière de sa voiture, un des rares modèles construits dans les années 1950, en vogue jusqu'au milieu des années 1970 et conçu par un Italien, un certain Dante Giacosa précisa-t-elle. C'était un cadeau d'un de ses plus illustres clients, un opposant au régime du président du Zaïre. Cet opposant, Wabongo-Wabongo III, vivait à Bruxelles et était fou d'elle au point de lui rendre visite quatre fois par nuit lorsqu'il séjournait dans notre capitale à nous, à Brazzaville, et qu'il lui suffisait de traverser le fleuve Congo en catimini pour retrouver Maman Fiat 500 à Kinshasa.

Même dans notre pays l'opposant Wabongo-Wabongo III devait se cacher parce que notre propre président et le président zaïrois se faisaient de temps à autre des petits échanges d'opposants.

Le premier soir où le président zaïrois pensa apercevoir Wabongo-Wabongo III chez Maman Fiat 500, il n'en crut pas ses yeux. Il demanda à ses quatre hommes de confiance entassés avec lui dans une voiture banalisée :

— Vous avez vu ce que j'ai vu, hein ? Ce type qui sort par la porte dérobée, là-bas, de l'autre côté, vous le voyez, hein ? Ce type c'est pas Wabongo-Wabongo III l'imbécile d'opposant qui raconte n'importe quoi sur moi en Europe ?

Les sbires répondirent calmement :

— Non monsieur le président, Wabongo-Wabongo III vit à Bruxelles, et il a une interdiction de séjour dans ce pays depuis dix-sept ans, nous avons dans notre boîte à gants votre décret présidentiel.

Il jeta un œil sur le décret, reconnut sa signature :

– En effet c'est ma signature… Mais quand même, vous êtes sûrs que c'est pas lui que je viens de voir ?

– Sûrs et certains monsieur le président ! Wabongo-Wabongo III, ce fils de pute, est semble-t-il malade à Bruxelles et n'a même plus de quoi se payer les frais d'hospitalisation, on rapporte qu'il voudrait solliciter votre bonté pour honorer ses factures qui ne font que s'entasser ! Ah ! Ah ! Ah !

– Ah, oui, c'est ça, j'avais entendu cette histoire, mais qu'est-ce que je me fais des idées ! Ce con n'aura rien de moi, il n'a qu'à crever en Europe là-bas ! Je préfère payer ses funérailles, ça coûtera moins cher à l'État.

Ils éclatèrent de rire, les sbires louant le sens de l'humour dont, selon eux, le président faisait toujours preuve. Ils notaient d'ailleurs ce qu'ils qualifiaient de « pépites humoristiques du président ».

Mais au bout d'un moment, le président arrêta de rigoler et revint à la charge, comme piqué tout à coup par un moustique d'étang :

– Attendez, attendez, attendez les gars, ah non, ah non, il y a quelque chose qui ne va pas dans cette histoire… Vous me dites que c'est pas Wabongo-Wabongo III que je viens de voir là, hein ? D'accord, mais il y a un homme qui s'est échappé de l'autre côté, et si c'est pas Wabongo-Wabongo III l'opposant de merde de mes deux, dites-moi qui est ce fugitif, hein ? C'est pour cela que je vous paye, non ?

Un des hommes, le plus petit de taille et qui avait toujours réponse à tout, essaya de calmer le président :

– Monsieur le président, permettez-moi juste de signaler qu'il y a beaucoup de filles dans cette parcelle…

– Et alors ?

– C'est leur commerce.

– Et alors ?

– Comme il y a beaucoup de filles, il y a aussi beaucoup de types qui viennent, qui partent, sortent de là par la porte dérobée pour une histoire de discrétion, et tous les jours c'est comme ça…

– Oui, mais il n'y a qu'une seule Maya Lokito là-dedans ! Et puis, toi tu m'agaces, tu as toujours réponse à tout ! C'est pour ça que tu n'es pas grand de taille, merde !

– Je vous présente mes excuses, monsieur le président…

– Donc tu crois que c'est ton diplôme de Sciences Po qui va m'impressionner, moi, hein ?

– Pas du tout, monsieur le président…

– Est-ce que tu sais que moi j'ai fait l'Indochine avec l'honorable président togolais Gnassingbé Eyadema ?

– Bien sûr, monsieur le président…

– Est-ce que tu sais qu'il y a des gens qui étudient ma place dans l'histoire des idées politiques de ce monde, hein ?

– Correct, monsieur le président…

– Et puis y en a marre des hommes petits, demain tu es viré et tu rendras ta Mercedes noire et ta villa ! Trouvez-moi un homme grand, et de préférence sans diplôme de Sciences Po, merde ! C'est pourtant pas sorcier ce que je demande ici et maintenant : je veux savoir qui est ce type qui vient de sortir de chez ma Maya Lokito à moi, est-ce clair et limpide ?

Comme le petit homme qui a réponse à tout, les larmes aux yeux, s'était tu, le plus grand de taille des quatre osa à son tour :

– Monsieur le président, moi je n'ai pas de diplôme de Sciences Po, en plus je suis grand de taille, un mètre quatre-vingt-treize… Avec votre permission je vou-drais simplement rappeler que votre Maya Lokito est la patronne de ces filles, elle est à vous, à vous tout seul, monsieur le président. Elle ne fait la chose-là qu'avec vous, personne d'autre ne la touche. Cependant il faut qu'elle mange, qu'elle se nourrisse comme il est écrit dans la Constitution que vous avez rédigée vous-même avec sagesse et sagacité, et je cite, si je puis toujours me permettre, le sublime article 15 de notre Loi suprême : *Les citoyennes et les citoyens doivent se débrouiller pour vivre et ne pas attendre l'aide du Père fondateur de la Nation…*

Le président sursauta :

— C'est très mal écrit ! Tu es sûr que c'est dans ma Constitution à moi ça ?

— C'est dans votre Constitution à vous, monsieur le président. En plus l'article 17 modifié par…

— C'est bon, c'est bon, dispense-moi de ton avis de sans diplôme fixe ! Tu t'es préparé à tous les diplômes en France et tu n'en as reçu aucun et tu oses ouvrir ta gueule, pour parler de la modification de ma Loi suprême à moi, hein ? Est-ce que je t'ai demandé ton avis à toi, hein ?

— Non, monsieur le président…

— Alors n'ouvre ta bouche que lorsque ce que tu dis est plus beau que le silence, merde ! Je connais ma loi, puisque c'est ma loi à moi et que la loi c'est moi !

— Absolument, monsieur le président…

— Revenons aux choses sérieuses : c'est qui ce type que j'ai aperçu sortir de chez ma Maya Lokito si c'est pas Wabongo-Wabongo III ? Vous vous rendez compte qu'il passe son temps à me critiquer avec la complicité des Blancs qui jalousent nos diamants, et il ose se faire voir ici ?

Un autre garde du corps prit alors timidement la relève :

– Monsieur le président, si vous permettez…

– Tu mesures combien, toi ?

– Un mètre soixante-trois, mais je fais jusqu'à un mètre soixante-sept lorsque je porte des chaussures à étages vendues par les Marocains et les Syriens au centre-ville…

– Qu'est-ce que tu as dit au sujet de cet homme qui s'est éclipsé à notre approche ?

– En fait Maya Lokito a une petite entreprise avec ces filles…

– Et alors ?

– Ce que je veux dire c'est qu'il y a aussi des clients qui viennent pour ces autres filles…

– Et alors ? Je ne vois toujours pas le rapport !

– Ces clients sont obligés de transiter par le salon privé de Maya Lokito…

– Et pourquoi ?

– Pour payer leur passe, ils ne payent pas directement aux filles…

– Attends, attends, attends… Toi tu n'es pas si con que ça, tu es le meilleur !

– Merci monsieur le président…

– Donc tu veux dire que ce type qui est sorti est un client venu pour une autre fille, pas pour ma Maya Lokito à moi ?

– Exact, monsieur le président…

– Là ça change tout, en effet !

– Monsieur le président, nous devons plutôt être discrets et ne pas trop nous attarder ici, même si nous sommes dans une voiture banalisée. Il faut soit partir soit que vous alliez retrouver votre Maya Lokito…

– C'est vrai… Toi alors, mais comment je n'ai jamais remarqué que tu étais aussi doué, hein ?

– Parce que mes autres collègues sont plus grands que moi, et il est difficile de me voir surtout que je marche derrière eux…

– Alors pourquoi me caches-tu ton intelligence et laisses-tu parler ces autres imbéciles avec leur bouche qui pue, hein ?

– Ce sont mes chefs, monsieur le président…

– Eh bien, à partir de cette minute c'est toi leur chef !

– Merci monsieur le président…

– Je dois y aller.

– Je vous en prie monsieur le président, nous assurons la couverture comme d'habitude…

Quelques jours plus tard, lorsque le président revint sur les lieux, avec les mêmes sbires, il vécut la même scène. Il s'agissait bien de Wabongo-Wabongo III qui avait réussi à rentrer au pays d'en face par la filière de l'Angola et du Cabinda. Les quatre hommes furent d'abord limogés pour atteinte à la sûreté de l'État et liquidés par la suite sans procès.

Quatre nouveaux cerbères accompagnaient désormais le président chez Maya Lokito avec pour mission subsidiaire de tendre un piège à Wabongo-Wabongo III qu'on attrapa la veille de la livraison d'une Fiat 500 que l'opposant avait offerte à Maya Lokito qui allait désormais être appelée « Maman Fiat 500 »…

Alors que Wabongo-Wabongo III sortait de la bicoque de Maman Fiat 500, deux sbires le rattrapèrent, l'immobilisèrent et lui firent avaler de la ciguë.

– Au moins il aura eu une mort de philosophe, risqua un des sbires.

L'information qui circula dans le pays d'en face et qui arriva jusqu'à chez nous rapportait que Wabongo-Wabongo III était mort à la suite d'une longue maladie dans un hôpital de Bruxelles. Le président à vie, dans sa bonté infinie, ajoutait le communiqué, payerait les frais des funérailles et élèverait ce digne fils du pays au rang de héros de la Révolution rouge...

★

Après nos confessions réciproques, Maman Fiat 500 me servit un plat de feuilles de manioc aux bananes pilées, une spécialité de son Zaïre natal. C'était ce plat, plaisanta-t-elle, qui était à l'origine des divorces dans notre pays puisqu'il n'y avait que les Zaïroises qui savaient le préparer et que dès que les hommes mariés le goûtaient ils quittaient leur femme pour une « vraie Zaïroise », dit-elle avec un grand sourire.

Ce fut ce jour-là que je dormis pour la première fois dans le salon de son appartement et, le lendemain, en revenant à la Côte sauvage, les jumeaux avaient le visage fermé. Ils me remontèrent les bretelles, mais au bout d'un moment Tala-Tala revint à la raison :

– En fait c'est même bien que tu restes plutôt là-bas, ça va arranger nos affaires !

Ils m'expliquèrent qu'en vivant chez Maman Fiat 500 je serais leur œil, leur vigie et pourrais leur fournir les clés des domiciles des bourgeois chauves et ventripotents du quartier des Batignolles, là-bas où il y avait de l'électricité et de l'eau potable en pagaille. Je pouvais également leur obtenir des informations précieuses en écoutant derrière la porte lorsque ces riches prenaient leur pied chez Maman Fiat 500. J'entendais en effet ces fortunés ricaner après quelques verres de vin rouge de la Sovinco, se vanter qu'ils avaient été à Paris, à Rome, ou à Moscou. Ils ajoutaient qu'ils possédaient plusieurs maisons dans les grandes villes du pays, qu'ils allaient acheter un voilier pour aller en mer les week-ends, que leur maison à Pointe-Noire était la plus belle du quartier des Batignolles où ils avaient comme voisins des Européens ou des proches parents du président de la République.

Devant la pression des jumeaux, je me glissais en douce dans l'appartement de Maman Fiat 500 où je subtilisais les clés de ses clients et allais en faire les doubles à deux pâtés de maison, chez le serrurier Pata Koumi. Celui-ci me toisait du regard, hésitait un instant comme s'il flairait un coup que je préparais. Mais j'avais un argument qui marchait souvent : je lui disais que c'était Maman Fiat 500 qui m'envoyait, et il s'exécutait immédiatement, ce qui me renseignait sur l'influence de cette femme dans le quartier et la confiance qu'on lui accordait. Je payais le serrurier avec les pourboires que m'avaient laissés les mêmes clients deux ou trois jours avant, et le lendemain je me rendais à la Côte sauvage où je remettais les clés aux jumeaux qui n'avaient plus qu'à planifier les choses.

Les deux frères demandaient à Massassi Kalkilé et Lokouta Elekayo d'aller faire des repérages, et cela pouvait prendre des semaines pendant lesquelles ces garçons jouaient au chat et à la souris avec les propriétaires de ces demeures somptueuses. Les jumeaux exigeaient d'eux qu'ils dessinent ces résidences, et comme Massassi Kalkilé et Lokouta Elekayo n'étaient pas forcément de grands dessinateurs, Songi-Songi s'emportait :

– Ça c'est une maison que vous avez dessinée sur ce papier ? Où sont les portes et les fenêtres, hein ?

Les jumeaux leur remirent alors un appareil photo Polaroid qu'ils avaient subtilisé au supermarché Le Printania et leur expliquèrent son fonctionnement en prenant quelques-uns d'entre nous en photo.

– Ne souriez pas, c'est juste pour essayer, c'est pas une vraie photo ! nous prévenaient-ils.

Nous nous arrangions pour avoir un visage de pierre, persuadés que cela nous donnait l'air de vrais bandits...

À la différence des jumeaux et des autres garçons de la Côte sauvage, je pouvais me vanter d'avoir enfin une mère adoptive et un toit fixe qui m'éloignaient peu à peu de cette vie d'errance. Or, comme si j'étais quelque peu maudit, ou alors que je tenais à garder un pan de ma vie passée, je continuais à rejoindre mes acolytes pendant les quelques heures où Maman Fiat 500 était occupée à cajoler ses gros clients. Et comme elle en avait chaque jour, je pouvais rejoindre la bande et reverser à Songi-Songi et Tala-Tala une partie de mes pourboires récoltés chez Maman Fiat 500.

Dans cette bande, chacun de nous avait en effet l'obligation de contribuer à la caisse commune que gardaient les jumeaux. C'était peut-être le début de nos premiers couacs puisque j'avais le sentiment que j'étais celui qui donnait le plus à la communauté et qui ne recevait rien d'elle. Que faisaient les jumeaux de cet argent qui coulait à flots ? Ils nous expliquaient qu'il servirait à aider n'importe lequel d'entre nous en cas de pépins. Quels pépins ? Par exemple une hospitalisation, un accident, des funérailles, etc. Je trouvais suspect que tout d'un coup les deux frères deviennent aussi soucieux de l'humanité. Je comprenais maintenant pourquoi ils « travaillaient » de moins en moins et s'étaient en quelque sorte embourgeoisés. Pourquoi se seraient-ils décarcassés s'il y avait des gens qui leur tiraient les marrons du feu ?

Mes soupçons étaient fondés puisque les jumeaux disparurent avec la caisse, laissant éclater le groupe, chacun reprenant sa liberté d'agir en solitaire ou de devenir un adolescent ordinaire...

Mais j'en voulais à Songi-Songi et à Tala-Tala.

J'estimais qu'ils m'avaient volé et qu'ils devaient me rendre mon argent. Je les recherchai dans tout Pointe-Noire avec un canif caché dans la poche arrière de mon coupé. Pendant plus d'un mois je passai au peigne fin le Grand Marché et la Côte sauvage et interrogeai quelques membres d'autres bandes. Personne ne les avait revus dans les parages. J'avais pourtant l'intuition que je finirais par les croiser, que j'arriverais à les coincer un jour ou l'autre et à exiger qu'ils me remboursent sur-le-champ. Je me maudissais de ne m'être pas douté de leur fourberie et de faire du tort à Maman Fiat 500 en dérobant les clés de ses clients pour les remettre à des individus qui n'en valaient pas la peine. Or pouvais-je résister à leur charisme qui faisait que dès qu'on était en face d'eux on baissait les yeux, on exécutait leurs ordres ?

J'avais seize ans et je vivais désormais chez Maman Fiat 500. Si le bon Dieu l'avait voulu moi aussi j'aurais bien connu la Cléopâtre qui fit battre le cœur de Jules César et de Marc Antoine, j'aurais connu la sulfureuse Messaline, qui, paraît-il, se prostituait au vu et au su de tous dans les rues de Rome et avait transformé une encoignure du palais royal en maison plus que close, lieu d'orgies qui n'avait rien à envier au royaume de notre Maman Fiat 500 à nous. Mais le bon Dieu n'avait pas voulu que je connaisse les amours de ces illustres dames. Ces filles qui travaillaient pour Maman Fiat 500 me parlaient, se confiaient à moi plus qu'à leurs clients.

Je les revois avec leurs sobriquets que Maman Fiat 500 leur avait attribués : Féfé Massika « Derrière assuré », Lucie Lembé « Feu de volcan », Kimpa Lokwa « Caresse magique », Georgette Loubondo « Nutella de cinq heures du matin », Jeanne Lolobo « Biscuit fragile », Léonora Dikamona « Décapsulation immédiate », Colette Wawa « Vénus de Milo », Kathy Mobebisi « Tornade de minuit », Pierrette Songa « Onzième commandement » et Mado Poati « Taille spaghetti ». C'était cette dernière qui m'avait fait connaître mon premier acte sexuel que je ne raconterai pas ici parce que c'était une catastrophe : j'étais à la fois si angoissé et stressé que dès qu'elle m'avait touché là en bas, je sentis que tout s'écroulait autour de moi, que mon corps fondait et que soudain quelque chose allait sortir de mon sexe. Le pire c'est qu'après elle se payait ma tête et racontait à Jeanne Lolobo « Biscuit Fragile » et Léonora Dikamona « Décapsulation immédiate » que j'étais incapable de patienter, que dès qu'elle m'avait touché j'étais déjà « fini »…

Oui, elles avaient la peau décatie, elles portaient des perruques blondes ou rousses – parfois vertes ou mauves –, c'est vrai, mais leurs clients étaient cependant heureux et, comme le disait Maman Fiat 500 elle-même, ces hommes étaient persuadés d'embrasser les reines du Crazy Horse ou du Moulin Rouge à Paris et que le roi n'était plus leur cousin depuis longtemps. Et donc ils déversaient les immondices de leur foyer conjugal en lambeaux sur ces reines, pleurnichaient à leurs pieds lorsque leur vie ne formait plus une figure à quatre côtés et à quatre angles égaux. Et moi je les écoutais des deux oreilles, parce qu'elles aimaient me parler à moi Petit Piment. Et je regardais tout ça de loin, fasciné par les baisers que ces femmes qui se mariaient au moins vingt fois par jour donnaient aux honnêtes pères de famille dont les motos étaient alignées dans une petite rue, ou plutôt dans un passage sinueux qui menait vers la rivière Tchinouka. C'était leur façon à eux d'être discrets, et il était courant que leurs épouses viennent crever les pneus de leur Yamaha, de leur Suzuki ou déverser du sucre en poudre dans le réservoir de leur véhicule. Je riais comme un bossu dans mon coin, sous la paillote de Maman Fiat 500.

Je les revois les unes après les autres, ces filles, avec leurs pagnes multicolores, leur maquillage copié dans un magazine de mode, leurs faux ongles, leur rouge à lèvres vif et dégoulinant qui dessinait un baiser indélébile sur les revers de vestes et les cols de chemises des habitués, leurs faux yeux bleus ou verts qui viraient au rouge avec le coucher du soleil, leurs talons-dames rudimentaires qui leur imposaient une démarche de rhinocéros ayant échappé à un braconnier, leur sac à main dans lequel préservatifs et strings étaient rangés à côté des parfums Mananas ou Joli soir et un peigne traditionnel.

Je revois leurs coups fourrés, quatre ou cinq mecs qui arrivaient au même moment, chacun voulant passer en premier parce qu'il portait un costume mohair ou alpaga venu de France ou d'Italie, et c'était l'hécatombe. Maman Fiat 500 était dans tous ses états, courait à gauche et à droite afin d'éteindre les incendies, proposer en vain à chacun des belligérants une autre fille, mais tout le monde voulait Fernande Massika « Derrière assuré ».

Je les revois lorsqu'elles s'étaient données à un homme en qui elles avaient eu confiance et qui leur avait promis de repasser le lendemain dès l'aube – c'était le fameux « paiement en monnaie de gorille », comme disait Maman Fiat 500. Et ce salaud ne repassait pas, il empruntait d'autres rues, contournait le quartier jusqu'au jour où, sevré à la maison par son épouse pour une dispute futile sur le montant de la popote, il revenait, la queue entre les jambes, les yeux baissés, reprochait tout d'un coup à sa femme d'avoir le nez au milieu de la figure. Et quand les filles le revoyaient dans les parages, elles sortaient de la parcelle, toutes griffes dehors, formaient un régiment de harpies, le repoussaient, lui infligeaient des jurons avant de lui jeter à la figure de l'eau que j'avais préparée, pleine de petits piments, et de lui rappeler que la place des gorilles de son espèce était dans la brousse et non au quartier Trois-Cents…

*

Chaque jour j'assistais aux mêmes scènes : des clients méfiants – en général les hommes mariés – entraient par une porte dérobée, et les plus importants étaient reçus dans l'appartement de Maman Fiat 500. J'observais leur attitude, surtout ceux qui, remarquant pour la première fois ma présence dans la parcelle, feignaient de s'être égarés, prétextaient qu'ils recherchaient le bistrot *Les Anges noirs ont un petit sexe* qui était pourtant en face et que personne ne pouvait rater. Et Maman Fiat 500 sortait de son appartement – elle guettait régulièrement ce qui passait dans cette avenue de l'Indépendance –, elle prenait ces égarés par la main et leur chuchotait :

– Non, vous ne vous êtes pas trompés, vous êtes au bon endroit, et ce n'est pas dans le bistrot d'en face que vous aurez des moments agréables !

Et elle faisait ensuite signe aux filles qui les conduisaient au milieu de la cour, les installaient sous la paillote et leur servaient des bières St. Pauli.

Certains de ces clients, toujours indécis, murmuraient :

– En fait, que je vous explique les choses, je vadrouillais par là par hasard, j'ai vu de la lumière et je me suis dit : « Tiens, tiens, y a de la lumière ici alors qu'il y a une panne d'électricité dans tout le quartier. » Et puis, si vous voyez ce que je veux dire, je suis venu sans réfléchir un seul instant. Bon, je crois que je vais rebrousser chemin…

C'était encore Maman Fiat 500 qui les rassurait :

– Vous êtes chez vous, y a pas de mal à se faire plaisir…

Puis, elle me lançait :

— Petit Piment, va me chercher des St. Pauli en face pour ces gentils messieurs...

J'aimais me mettre à l'entrée de la parcelle, avec Likofi Yangombé, un vigile qui avait raté sa carrière de boxeur au Zaïre. Il distribuait des coups de matraque aux indésirables qui essayaient de guetter entre les failles de la clôture en planches ce qui se passait à l'intérieur de la cour. Dès qu'il m'apercevait, il se croyait obligé de raconter sa période de gloire, et surtout ces petits détails qui précédaient un combat :

— Tu ne peux pas t'imaginer l'angoisse qui te prend avant un combat ! On ne pense plus qu'aux combinaisons de coups apprises à l'entraînement. Gauche, droite, gauche encore, droite encore. Et puis il y a les jambes. Je sais de quoi je parle, mon petit. Un combat de boxe ne se gagne pas par les mains, mais par les jambes ! Il faut qu'elles soient légères, qu'elles vous fassent voler, qu'elles vous portent et suivent le rythme des bras. On essaie tout ça une dernière fois dans les vestiaires, et il faut maintenant partir, enfiler un peignoir avec ses initiales devant et son nom gravé en entier derrière. On sautille de plus en plus, on continue à s'échauffer. Dans quelques minutes, les mains bandées avec soin puis revêtues de gants Everlast, on devra longer un couloir interminable suivi de son équipe. On découvrira enfin, d'abord de loin, le ring qui vous attend, c'est une toute petite parcelle surélevée et entourée de cordes. Et puis il y a la clameur, la salle plongée dans les ténèbres. C'est là que se déroulera l'affrontement, devant cette foule excitée qui vous adule ou qui vous houspille...

*

Le matin les filles se mettaient chacune devant la chambre que leur avait affectée Maman Fiat 500 et attendaient que je leur serve le petit déjeuner. Cela ne me dérangeait pas puisque j'étais certain de manger avec elles, et si j'avais suivi la voix de ma gourmandise, j'aurais mangé dix fois par jour car ces filles m'entouraient de plus en plus d'affection, et c'était pour moi une récompense de les accompagner au marché ou bien au centre hospitalier du quartier Mouyondzi où Maman Fiat 500 les envoyait tous les mois pour des visites médicales intensives.

Le soir, elles étaient plus agressives et se mettaient debout devant l'entrée de la concession, protégées cette fois-ci par trois cousins de Likofi Yangombé tandis que celui-ci faisait semblant de prendre un pot en face, aux *Anges noirs ont un petit sexe*, et intervenait dès que quelques plaisantins dérangeaient les filles…

C'est à la veille de mes dix-neuf ans que Maman Fiat 500 me trouva un travail de manutentionnaire au port grâce à un de ses clients les plus réguliers, Rigobert Moutou. Trois fois par semaine ce chef du personnel de la CMPN, la Compagnie maritime de Pointe-Noire, garait sa mobylette à l'intérieur de la concession de ma « mère » et me filait un billet de mille francs CFA pour que je veille sur son engin. Il rejoignait ensuite Maman Fiat 500 dans un appartement un peu à l'écart de la maison principale où logeaient et travaillaient les filles.

Un jour, en quittant l'appartement de Maman Fiat 500, Rigobert Moutou me souffla :

– Demain viens au port, tu auras désormais un salaire et ça m'évitera de te donner mille francs CFA chaque fois que je viens ici.

Je savais que Maman Fiat 500 était derrière cette histoire. Qu'elle se souciait de mon avenir, qu'elle en avait marre de me voir traîner dans sa cour depuis des années, déambuler de son appartement à la maison principale où parfois je m'interposais entre trois ou quatre filles sur le point d'en venir aux mains. Elle ne supportait plus sans doute que je sois ce gamin à tout faire qui attendait qu'elle l'envoie acheter des bières dans un des bistrots du coin lorsque ses clients arrivaient. Désormais je travaillerais, je m'éloignerais peu à peu d'elle, et c'était ce qu'elle souhaitait car, un mois après mon embauche elle me donna les clés d'une petite habitation qu'elle venait d'acquérir près de la rivière Tchinouka. C'était en réalité un petit terrain avec une cabane en planches. Elle souhaitait construire une grande maison, et cette cabane était là pour lutter contre les escrocs qui avaient la manie de vendre les terrains vides de la ville comme s'ils leur appartenaient.

Je devenais donc celui qui veillait sur cette propriété, mais j'acquérais mon autonomie même si je devais régulièrement passer au quartier Trois-Cents, dire un petit bonjour à Maman Fiat 500, saluer les filles, vérifier qu'il n'y avait pas de types qui cherchaient noise à ma petite famille d'adoption…

*

J'étais un travailleur exemplaire. Du moins c'est ce que disaient mes collègues sinon pourquoi m'aurait-on gardé pendant dix ans jusqu'à ce que mon état de santé vienne tout gâcher ? J'aurais été sans doute le chef des manutentionnaires, et pourquoi pas un des plus grands responsables de ce port.

Je me levais de bonne heure et attendais le camion de la CMPN devant un abribus de l'avenue de l'Indépendance, en face du Studio-Photo Vicky. Le véhicule s'arrêtait à chaque intersection, d'autres manutentionnaires s'y engouffraient et nous voyagions en silence. Le camion nous déversait comme des sardines sur le bord de la chaussée à l'entrée du port, et nous marchions jusqu'à un barrage où des hommes en uniforme vérifiaient notre identité, confisquaient nos sacs puis nous laissaient enfin passer. Commençait la rude journée – le déchargement des containers sous la surveillance des contremaîtres puisque nous étions suspectés de subtiliser des objets venant de l'étranger afin de les bazarder le soir dans les quartiers. Je volais pour ma part des cahiers à spirales et des stylos à bille.

Mes collègues étaient stupéfaits devant mes larcins :

– Tu veux retourner sur les bancs de l'école ou quoi ? Quitte à t'attraper avec de la marchandise, qu'on t'attrape au moins avec des choses de valeur !

Le malheureux qui était pris la main dans le sac était conduit dans le bureau principal des douanes, une pièce étriquée qui sentait le pipi de chat et où des rats gros comme des papayes allaient d'un coin à l'autre, conscients qu'ils ne seraient jamais traqués parce qu'ils faisaient partie du décor ou que beaucoup dans la ville s'imaginaient que tuer un animal équivaudrait à s'attaquer à un ancêtre, à s'attirer les foudres des esprits qui sont censés protéger les vivants, préparer leur arrivée dans l'autre monde dans de bonnes conditions. Les rats l'avaient donc compris, et c'était ce qui expliquait leur paresse dans les mouvements quand ils ne s'arrêtaient pas pour s'assurer qu'un insouciant oserait lever la main sur eux.

C'est dans ce bureau qu'on dénudait les voleurs avant de les flageller à l'aide des fils barbelés et de leur établir un solde de tout compte dans lequel ils se retrouvaient débiteurs à vie. Nous craignions d'être en face de ces fouetteurs impassibles qui frappaient jusqu'à ce que coule le sang, et plus on criait, plus ils multipliaient les coups. C'était une sorte de tribunal expéditif et sans voie de recours : on avait entendu que vous aviez volé, aucune enquête ne serait ouverte, mais vous serez puni et viré. J'ai vu des pères de famille solliciter le pardon à genoux, pleurer et pisser dans leurs chaussures sans que cela émeuve le fouetteur.

À une heure de l'après-midi, nous observions enfin une pause pour casser la croûte. Les contremaîtres, suivis des fouetteurs, ne nous lâchaient pas d'une semelle. Ils redoutaient les conciliabules, les transactions et étaient donc hostiles à ces repas entre collègues. On flanquait à chaque table un cerbère à la musculature d'haltérophile et qui mastiquait de gros morceaux de manioc, l'œil mobile, à l'affût du moindre chuchotement.

Nous ne quittions le port que le soir après des fouilles interminables durant lesquelles chacun se mettait en costume d'Adam, les mains en l'air, dans ce bureau de douanes qu'on surnommait « Maison Filtre ». Lorsque nous en sortions, nous avions la sensation d'avoir passé avec succès un concours.

J'étais à l'abri de tout soupçon : c'était avec la complicité d'un vieux douanier que je subtilisais les cahiers à spirales et les stylos. On l'appelait Papa Madesso Ya Bana. Pour échapper au contrôle, ce dernier me rapportait les cahiers et les stylos le soir dans ma cabane. Je lui filais un billet de dix mille francs CFA, lui qui se plaignait de nourrir neuf gosses, trois femmes, trois maîtresses officielles et une flopée de neveux dont il se souvenait à peine des noms car il les confondait chaque fois avec ses propres rejetons.

Les voies du Seigneur sont impénétrables, aurait dit Papa Moupelo. Alors que je semblais mener une vie normale entre mon petit travail au port et mes visites régulières chez ma Maman Fiat 500, une opération dite « Pointe-Noire sans putes zaïroises » fut lancée à grands coups d'éclat par le même maire François Makélé qui, quelques années plus tôt, nous avait déjà contraints de nous retirer à la Côte sauvage avec sa fameuse opération « moustiques du Grand Marché ». C'était à croire qu'il était sans cesse en pleine élection. Certes ce n'était pas pour la mairie qu'il se portait candidat cette fois mais pour la présidence du Conseil régional du Kouilou. Les astuces demeuraient les mêmes : choisir un groupe contre lequel se liguer et mener une campagne avec grand bruit, et de préférence avec une intervention très musclée de l'ordre public et la présence des caméras. Les « moustiques » n'existaient plus dans le Grand Marché qui lui-même s'était tellement étendu qu'il arrivait jusqu'au quartier Rex. Dans ces conditions, lancer une opération contre les nouveaux « moustiques » reviendrait à chasser tous les gamins de Pointe-Noire de la ville qui était la leur. Du coup, l'opération « Pointe-Noire sans putes zaïroises » était la plus appropriée parce qu'elle ne touchait pas les putes congolaises et qu'en plus le maire pouvait se targuer de faire d'une pierre deux coups : éradiquer la prostitution zaïroise dans la ville et lutter parallèlement contre l'immigration clandestine, car beaucoup de ces femmes étaient arrivées à Pointe-Noire en transitant par l'Angola ou le Cabinda grâce aux passeurs qui leur avaient vendu des pièces d'identité congolaises...

Dans la ville on ne parlait donc que de cette chasse aux sorcières menée contre les filles de joie du Zaïre et beaucoup s'interrogeaient sur les conditions inhumaines dans lesquelles elle était orchestrée, même si une bonne partie de la population applaudissait l'initiative. Comment expliquer que des bulldozers empruntés à des compagnies de construction étaient utilisés pour raser la plupart des maisons closes de Pointe-Noire tandis que des militaires matraquaient les pauvres femmes et les embarquaient dans des 4x4 vers le commissariat de police du Rond-Point Lumumba pour vérification de leur statut de séjour ? L'interrogatoire qu'elles subissaient n'était qu'un alibi puisqu'à la fin, quelle que soit leur situation, elles étaient tabassées, parfois violées par tout un groupe de policiers...

Quelle ne fut pas ma surprise ce jour où je me pointai devant la parcelle de Maman Fiat 500 et que je ne trouvai qu'un champ de ruines comme si une bombe avait tout fait s'écrouler pendant une guerre contre les Américains ! Je croyais vivre une hallucination, et cette sensation fut aggravée par une sorte de nuit qui recouvrait mes pensées. Le choc était si saisissant que je restai devant ces ravages pendant plus d'une heure à me demander ce qu'étaient devenues Maman Fiat 500 et ses dix filles.

Retrouvant enfin mes esprits, je me rendis au centre-ville où travaillaient plutôt les Angolaises et les Camerounaises.

Je ne vis nulle part Maman Fiat 500 et ses filles. Je pris le bus du retour vers ma cabane que je considérais désormais comme le seul lien qui me restait avec cette petite famille qui était certainement en route vers le Zaïre. Je tournais en rond dans cette petite parcelle. Je ne savais plus que faire et ignorais jusqu'à la notion du temps, et c'est sans doute à partir de ce moment que j'ai commencé à sentir des trous béants dans ma tête, à entendre comme des groupes de personnes qui couraient à l'intérieur, les échos des voix qui parvenaient de maisons vides, des voix proches de celles de Bonaventure, de Papa Moupelo, de Sabine Niangui, des jumeaux, mais surtout celles de Maman Fiat 500 et ses dix filles. Puis, plus rien. Je ne me souvenais plus de rien, ni même de qui j'étais.

Comme je ne me rendais plus à mon poste de travail depuis des semaines, plusieurs de mes collègues vinrent frapper à ma porte avec insistance afin de me ramener à la raison. Pris de panique, je leur balançais de l'eau pimentée dans la figure. Je ne les reconnaissais plus et les prenais pour des nains de jardin qui piétinaient mes pauvres petits épinards alors que la seule chose qui me restait désormais c'était justement de cultiver mon jardin dans un coin de cette parcelle de Maman Fiat 500. Je pouvais tout tolérer, sauf qu'on vienne saboter mes pauvres petits épinards à moi que j'arrosais avec bonheur.

Je sautais du lit très tôt comme si j'allais me rendre à mon lieu de travail. Je m'assurais qu'il n'y avait pas de nains de jardin descendus d'un des camions de la Compagnie maritime, je prenais une pioche, une houe, une pelle, un râteau et un arrosoir que je remplissais d'eau de la rivière Tchinouka. Je travaillais ensuite la terre, je répandais des graines en sifflotant. Parfois je m'asseyais la journée entière au milieu de mon potager dans l'espoir de surprendre mes épinards en train de pousser. Je craignais en effet qu'ils ne naissent à mon insu et que je me retrouve tout idiot devant mon voisin Kolo Loupangou, un vieil homme qui se prenait pour un

179

jardinier averti au motif qu'il tirait sa technique et ses secrets des ouvrages savants consacrés à cette activité.

Kolo Loupangou s'entêtait à ne planter que des laitues et me demandait :

— Tes épinards naissent-ils ?

Je lui répondais :

— Oui mes épinards naissent.

— Si tes épinards naissent, est-ce que mes laitues naîtront ?

— Non, elles ne naîtront pas, tes laitues !

Je disais ça pour me débarrasser de lui, pour qu'il ne reste pas devant mes épinards à me déconcentrer, à me pousser dans le piège de son raisonnement, à me parler de ses vieux bouquins. Un de ces livres s'intitulait *La Théorie et la pratique du jardinage*, publié par un certain Dezallier d'Argenville au XVIIIe siècle, précisait Kolo Loupangou. Et il ajoutait que ce Dezallier d'Argenville était un grand amateur de jardins même s'il était en fait avocat de profession.

À sa décharge, je dois avouer que c'était grâce à lui que j'avais déplacé mon jardin d'un bout de ma parcelle à l'autre.

Kolo Loupangou était en effet venu voir comment je travaillais et s'était écrié :

— Tu perds ton temps, Petit Piment, ton jardin est très mal placé, il lui manque quelque chose d'important pour s'épanouir !...

— Ah bon ? Quoi donc ?...

— Dans *Maison rustique* la comtesse de Genlis, j'allais dire Stéphanie Félicité Ducrest de Saint-Albin, précise que le potager doit être près de l'habitation et près du fumier. Il te faut donc un fumier !

Et il m'aida dans cette entreprise. J'étais choqué de constater qu'il enfouissait de la bouse de vache et toutes sortes de choses répugnantes sous ma terre.

– En fait, plus ça pue mieux c'est pour un fumier, me rassurait-il.

Le bouquin dont il était le plus fier avait été publié par Olivier de Serres au XVIIe siècle avec un titre kilométrique : *Théâtre d'agriculture et Ménage des champs... Où l'on voit avec clarté et précision l'art de bien employer et cultiver la terre, en tout ce qui la concerne, suivant ses différentes qualités et climats divers, tant d'après la doctrine des Anciens que par l'expérience.*

– Ce livre c'est ma bible à moi...

Il se plongeait alors dans la lecture de cet ouvrage pendant une demi-journée et ricanait à gorge déployée. Le jardinage était, d'après lui, un art que je ne comprendrais jamais parce que je n'avais pas la main verte, parce que je ne pouvais cultiver que des pauvres petits épinards près de mon habitation.

S'il disait de moi que j'étais un jardinier sans expérience, il reconnaissait en revanche que je ne me débrouillais pas si mal et concédait :

– Hier au moment crépusculaire, j'étais assis sous mon portail et je t'ai vu avec tes haillons de vieillard jeter à poignées la moisson future aux sillons. Tu ne le sais peut-être pas mais tu essayais d'imiter le fameux geste auguste de ce semeur dont la haute silhouette noire domine les profonds labours et dont on sent à quel point il doit croire à la fuite utile des jours...

Je ne comprenais rien à cette envolée qu'il avait certainement tirée de ses lectures de livres anciens. Je savais cependant qu'il n'était pas méchant, que c'était un compliment puisqu'il disait tout cela d'une voix douce et chaleureuse.

Quelques semaines plus tard, alors que je savourais encore son compliment et que mes troubles de mémoire empiraient, il m'aperçut dans mon jardin et courut vers moi :

— Je ne t'ai pas vu imiter le geste auguste du semeur depuis ce matin ! Qu'est-ce que tu fous au milieu de tes épinards ?

— Je les regarde pousser…

— Comment ça tu les regardes pousser ?

— Parce qu'il y a une chose que je voudrais bien comprendre, et tes livres ne disent rien là-dessus : pourquoi mes épinards ne poussent que quand j'ai le dos tourné, hein ? Je trouve cela inacceptable !

— C'est en effet inacceptable…

— C'est même de l'ingratitude de leur part ! Qui c'est qui les arrose, ces pauvres petits épinards, hein ? Qui c'est qui prend soin d'eux, hein ? Qui c'est qui arrache la mauvaise herbe qui les empêche de pousser, eux, hein ? Ils ne peuvent pas me faire ça à moi ! Je ne quitterai pas ce jardin tant que mes épinards ne se seront pas décidés à pousser sous mes yeux ici et maintenant !

Kolo Loupangou me toisa d'un air de compassion et murmura :

— Petit Piment, je vais être franc avec toi : je crois que tu dois te soigner. Ta situation n'est plus grave, elle est désespérée, très désespérée…

Et il allait me chanter cette ritournelle durant des années alors que les troubles de mémoire modifiaient mon allure et que je marchais en zigzaguant parce que, comment aurais-je encore pu me souvenir que la ligne droite était le plus court chemin qui menait d'un point à un autre et que, comme on dit ici, c'est à cause de cette règle que les ivrognes arrivent toujours en retard chez eux ?

Dès que je mettais mon nez hors de ma cabane, je me perdais. Si je rôdais dans les parages de la Côte sauvage, c'était parce que je croyais que mon habitation se trouvait en fait de l'autre côté de l'océan et que je n'aurais qu'à marcher sur l'eau, un peu comme ce célèbre messie dont on a rapporté ce genre d'exploit dans le Livre saint. Chaque fois que j'essayais d'accomplir la même prouesse – j'étais très curieux de savoir comment ce type avait réussi son coup et avait en plus convié un de ses disciples à l'imiter –, je me retenais et me murmurais que l'eau était trop froide ou trop polluée par les excréments de certains habitants, ceux-là qui prétendaient qu'on pouvait sans scrupules faire ses besoins dans la mer puisque les savants de notre pays avaient démontré que le sel tuait les microbes, tous les microbes, même les plus coriaces qui se terraient dans les grands fonds marins.

J'allais donc à gauche, j'allais donc à droite sans me rendre compte que je passais plusieurs fois au même endroit. Dans ma tête j'entendais gronder des vagues, et lorsqu'elles échouaient j'avais le sentiment que tout explosait autour de moi, que j'allais être avalé par les eaux. C'était pour cela que je me bouchais les oreilles et me gardais de respirer pendant quelques secondes, le temps que ces vagues disparaissent et que je me dise que ce n'était pas la mer qui me traquait et que c'était moi qui étais hanté par sa présence.

*

La maladie n'avait pas changé que ma démarche : au regard de mon accoutrement et de mes agissements on me prenait pour un fantôme évincé du cimetière

183

Mongo-Kamba ou pour un être capable de discuter à bâtons rompus avec son ombre et de se retrouver en profond désaccord avec elle sur la direction à emprunter devant un carrefour. Dès que les chiens me croisaient, ils prenaient la poudre d'escampette et, par précaution, aboyaient quelques centaines de mètres plus loin, devant la concession de leur maître. J'avais alors compris que la meilleure façon de faire fuir un chien c'était d'aboyer comme lui. J'en avais vu qui, stupéfaits et peut-être admiratifs devant mes qualités d'imitateur, interrompaient leurs aboiements, s'inclinaient devant moi comme s'ils acceptaient que je devienne le chef de leur meute…

Afin de me protéger de la saison sèche je me déplaçais avec une grosse couverture en laine, un chapeau de paille et un long bâton en bois pour intimider les gamins qui s'amusaient désormais à me lancer des pierres. Je courais après eux, mais ils étaient si agiles et si rapides qu'en deux ou trois mouvements ils disparaissaient de ma vue. Avec cette nouvelle apparence physique il était difficile de me reconnaître, même pour mon voisin.

Puisque je tournais comme ça en rond tel un escargot pris dans l'engrenage de sa propre bave, il me fallait inventer un petit truc de rien du tout, un petit truc qui me permettrait de me repérer dans mes égarements. À l'aide de mon bâton je dessinais une croix de Lorraine là où j'avais déjà mis les pieds afin de ne pas avoir à repasser au même endroit quelques minutes après. Du coup plusieurs ruelles étaient marquées de dizaines et de dizaines de croix de Lorraine parce que moi aussi j'avais le droit de passer et de repasser dans les rues publiques même si je ne payais pas mes impôts – et d'ailleurs s'il n'y avait que les personnes ayant acquitté leurs impôts qui avaient le droit d'emprunter ces voies, mon Dieu, celles de notre quartier seraient aussi désertes que les artères d'une ville abandonnée du Far West. Et quand je tombais sur une de ces croix de Lorraine, je m'écriais :

– Tiens, tiens, tiens, une croix de Lorraine ! Donc je suis déjà passé par là, il va falloir que je passe ailleurs où il n'y a pas de croix de Lorraine !

Je changeais de direction, mais les jeunes plaisantins s'amusaient à mettre des croix de Lorraine partout. Je me perdais de plus en plus parce qu'il m'était difficile de distinguer mes propres croix de Lorraine de celles de ces farceurs qui ajoutaient du génie à leur provocation. J'avais alors arrêté de dessiner des croix de Lorraine, je passais plutôt mon temps à les effacer.

Certains après-midi je faisais la balade des cimetières des quartiers de la ville où je me livrais à la chasse aux papillons à l'aide d'un lance-pierres. Je visitais les tombes de Loandjili, de Diosso, de Fouks, de Mpaka, de Mbota et de Mongo-Kamba, avec dans l'idée que ma mère biologique que je n'ai pas connue était enterrée dans une de ces nécropoles. Ce n'était pas que je ressentais le besoin de savoir qui était ma vraie mère ou pourquoi quelques jours après ma naissance elle m'avait déposé à l'orphelinat de Loango. En réalité je voulais cracher sur la tombe de cette femme, lui demander des comptes. Comme j'ignorais si elle était réellement morte ou encore en vie, je m'insurgeais contre les morts de ces cimetières, je leur en voulais de reposer en paix ou de bénéficier du respect de la population pendant que moi je souffrais. J'effaçais les inscriptions sur les croix et les remplaçais par des noms erronés. Je peux avouer aujourd'hui que c'était à cause de moi que certaines familles des disparus se perdaient dans les allées des nécropoles, s'inclinaient devant des défunts qui n'étaient pas les leurs. Pour couronner le tout, je ricanais entre deux tombeaux sans me rendre compte que c'était par pudeur et par courtoisie que ces défunts inconnus ne m'envoyaient pas au diable.

Comme si cela ne suffisait pas, pendant les périodes de pleine lune, surtout durant les années bissextiles, je voulais à tout prix voir le nombril d'une femme d'agent de police. Je dormais avec cette obsession, je me réveillais avec elle. N'en pouvant plus, à la place des croix de Lorraine, je dessinais par terre ce que je prenais pour un nombril de femme d'agent de police. En fait je me disais que j'avais déjà vu toutes sortes de nombrils dans notre quartier, voire dans notre ville, mais pas le nombril d'une femme d'agent de police.

Lorsque je croisais n'importe quelle dame dans la rue, je lui demandais si son conjoint était un agent de police. Elle écarquillait les yeux de stupéfaction :

– Tu as perdu la tête ou quoi ? Pauvre con !

Finalement, une femme s'apitoya sur mon sort. Elle avait remarqué que je me pointais dans la rue des heures et des heures à demander aux femmes la profession de leur mari sans jamais tomber sur une qui était mariée à un agent de police. Elle s'arrêta un jour, me dévoila la profession de son mari, Fernando Quiroga, un notaire-agent immobilier de renom qui avait son cabinet au centre-ville.

– Votre mari est notaire, pas agent de police ! dis-je d'un air de rejet absolu.

– Agent de police ou notaire, c'est la même chose…

– Non, c'est pas la même chose, y en a un des deux qui a des menottes avec lui, l'autre n'en a pas et grignote les biens que les défunts laissent à leurs héritiers !

– Je peux quand même vous montrer mon joli nombril de femme de notaire ?

— Je veux celui d'une femme d'agent de police, un point c'est tout !

Je lus à la fois la déception et l'humiliation sur son visage.

Au bout d'un certain temps, j'avais renoncé à mon envie parce que j'avais entendu parler d'un type qui était mort de crise cardiaque entre les jupons d'une femme d'agent de police lorsqu'elle lui avait enfin arboré son nombril…

À la Côte sauvage où j'étais retourné après tant d'années les vagabonds n'étaient plus évidemment les mêmes, et je me sentais le plus vieux de tous.

– Ce type qui nous la joue « j'ai perdu ma mémoire », c'est qu'un infiltré qui ira nous dénoncer à la police ! disaient certains d'entre eux.

Je jurai que je n'étais pas de mèche avec la police. Que je voudrais bien regagner ma cabane, mais comment allais-je reconnaître le chemin ?

– Donc tu ne sais pas d'où tu viens, c'est ça ?

– Oui, c'est ça…

– Par contre, tu te souviens bien que tu ne sais pas d'où tu viens ?

Ces jeunes de la Côte sauvage prétendaient que je ne savais plus ce que je disais, que je n'étais en réalité qu'un attardé mental. Je pouvais supporter ces paroles méchantes, mais je ne tolérais pas qu'on ajoute que j'étais un paumé dont les propos et les agissements décousus rappelaient les balbutiements de notre ancêtre préhistorique du temps où il divorça par consentement mutuel d'avec notre cousin le singe parce qu'il en avait marre, parce qu'il avait surtout découvert qu'il pouvait faire cavalier seul, allumer son petit feu à l'aide de deux silex qu'il lui fallait juste frotter l'un contre l'autre au lieu d'avaler de la viande crue tel un fauve. Certains de ces faux amis m'avaient déjà enterré avec de jolis draps blancs, et quand ils voyaient ma maigre silhouette de don Quichotte de la Manche ils s'imaginaient que je me livrais à des batailles épiques contre des moulins à vent ou que je courais après une paysanne, élue de mon cœur.

Et les voilà qui s'écriaient :

— Regardez donc cet imbécile qui ne sait plus où est sa cabane !

Ils détournaient alors leur regard. Il y en avait un qui m'avait dit avec un air de mépris :

— Ton problème à toi, Petit Piment, c'est que ta bouche est désormais tétanisée par une idiotie viscérale, et chaque jour celle-ci gagne du terrain dans tes circonvolutions. Tu parles tout seul, tu prends les poteaux électriques pour des géants magiques qu'il te faut coûte que coûte combattre ! Quand on te voit, on n'a plus de doutes, on est convaincu que l'homme descend vraiment du singe !

Là, n'en pouvant plus, j'avais aussitôt répliqué :

— Et toi, quand on te voit, on est convaincu que tu as eu la chance de ne pas descendre du singe comme moi, mais tu te rattrapes à une telle vitesse que l'humanité connaîtra dans moins d'un lustre une nouvelle espèce de primate !

Et puis l'enquiquineur avait hurlé :

— Tu veux mon coup de poing dans la gueule ou quoi ? Vieux con ! Le cimetière t'attend et toi tu ne meurs pas pendant que les vraies gens quittent cette terre ! Tu sers à quoi dans cette ville, hein ?

Il s'était éloigné en me montrant son majeur droit bien tendu vers le ciel…

Je me souviens que c'était un après-midi de canicule. Nous étions si confinés dans ce bus de la Société des transports de Pointe-Noire que lorsque je recevais de violents coups de coude, je les rendais à mon tour avec la même brutalité jusqu'à ce que mon voisin Kolo Loupangou me demande de me calmer, de mieux me comporter, de ne surtout pas montrer aux gens que j'avais un problème depuis des années, un très grand problème là, dans la tête. D'ailleurs, tout le long du trajet il s'étonnait encore de m'avoir coincé tel un rat près de la Côte sauvage pour me traîner avec lui car cela faisait plusieurs mois déjà qu'il ne m'avait plus revu dans ma cabane et qu'il me cherchait en vain dans les quartiers les plus reculés de Pointe-Noire.

Alors que je me plaignais de la chaleur et de l'odeur de la transpiration des autres passagers, Kolo Loupangou ne tarissait plus d'éloges sur le médecin qui allait me recevoir:

– Tu verras, il est trop fort, je te dis ! C'est le seul médecin capable de soigner les maladies du cerveau dans cette ville, et peut-être dans ce pays ! Je ne sais pas ce qu'il fout à Pointe-Noire, à sa place je serais resté en France, à Paris, où j'aurais été aussi bien payé que les médecins blancs ! Le docteur Kilahou a sauvé

Kaké Ebeti, un bougre d'une cinquantaine d'années qui promenait sa nudité dans les rues de cette ville depuis plus de vingt ans et qui avait, paraît-il, une scolopendre dans son cerveau. Ce malheureux n'avait pas offert une lampe-tempête à son oncle maternel, et celui-ci, dans sa rancœur, avait demandé aux esprits maléfiques de détruire une bonne partie des neurones de son neveu ! Or le docteur Kilahou a neutralisé cette scolopendre mystique, mais auparavant il fallait que Kaké Ebeti s'agenouille devant son oncle et lui achète cette lampe qu'il réclamait depuis des années. Cet ancien fou mène maintenant une vie de pacha : il s'est marié avec une ex-Miss quartier Rex, il porte des costumes venus d'Europe, il a des cravates qui n'ont rien à envier aux couleurs de l'arc-en-ciel et, cerise sur le gâteau, il a décroché le poste de chef du personnel du supermarché Le Printania ! Tu vas connaître le même bonheur, Petit Piment !

Je restai coi, l'esprit plutôt préoccupé par les deux bouteilles de bière que j'avais cachées dans le sable de la Tchinouka afin qu'elles gardent un peu de fraîcheur jusqu'à mon retour. Plus j'y pensais, plus j'imaginais ces deux bouteilles tomber enceintes, accoucher de bébés-bières qui, eux-mêmes, donnaient le jour à d'autres bébés-bières au point que pour moi le monde n'était plus qu'un grand océan d'alcool.

Lorsque le bus s'arrêta en face du bâtiment de la Société nationale d'électricité et de distribution d'eau, mon voisin expira de soulagement :

– C'est dans ce bel immeuble de la SNEDE que le docteur Kilahou a son cabinet...

Dans le hall, Kolo Loupangou s'immobilisa devant l'ascenseur :

– Il voit ses patients en privé, et je respecte sa façon de travailler. C'est comme ça qu'il a guéri Kaké Ebeti !

– Tu repars alors ? m'inquiétai-je.

Il me montra du doigt le petit salon dans un coin du hall :

– Je t'attendrai là pour être certain que tu ne vas plus disparaître pendant des mois. Je ne bougerai pas tant que tu ne seras pas redescendu !

– Je ne veux pas parler à un inconnu, il va m'énerver pour rien et…

– Je t'en supplie, sois courtois, ne lui parle pas comme tu parles à tes amis de la Tchinouka ou de la Côte sauvage, lui c'est un médecin, et il a fait des études avec les Blancs !

Il pénétra avec moi dans l'ascenseur, appuya sur un bouton et ressortit avant que les portes ne se referment.

Je l'aperçus s'installer dans le canapé et se ruer sur le bocal de bonbons posé sur une table basse.

Dès que les portes de l'ascenseur s'ouvrirent au premier étage, je bondis dehors, persuadé que je m'échappais enfin d'un traquenard. Sur une des deux portes du palier, celle de gauche, une plaque dorée mentionnait :

Docteur Lucien Kilahou, Neuropsychologue,
Diplômé de la Faculté de médecine de Paris
Ancien Interne des Hôpitaux de Paris
Entrer sans frapper

Je frappai tout de même avant d'entrer.

Une vieille femme aux jambes d'échassier et portant de grosses lunettes de vue m'ouvrit après m'avoir toisé des pieds à la tête :

– Le docteur sera là d'un moment à l'autre, il est en communication téléphonique.

– Je suis pressé, madame !

Elle me mitrailla du regard :

– Vous n'avez pas pris rendez-vous et vous êtes pressé ? Pourquoi ne prendriez-vous pas rendez-vous maintenant pour revenir un autre jour si vous êtes si pressé aujourd'hui ?

Pendant que je détaillais la perruque blonde qui couvrait à peine le tiers de son crâne, je me murmurais au fond de moi : « Calme-toi, Petit Piment, ne déçois pas ton voisin qui t'attend en bas. »

Embarrassée par mon regard insistant, la dame s'évertua à réajuster sa perruque vers le front et à cacher les quelques cheveux gris qui dépassaient. Elle me remit un journal qui datait d'une année et me pria de m'installer dans une immense salle d'attente dont les murs étaient couverts d'images comparant sous tous les angles le cerveau de l'être humain avec ceux de l'éléphant, du dauphin, du gorille, du chat, du chien, du chimpanzé et de la souris.

Je m'attardai sur celui de l'homme. C'était effrayant de savoir que nous nous baladions avec une pâtée compacte dans la tête. Je découvrais pour la première fois les termes nommant certaines parties de cet organe : aqueduc du mésencéphale, thalamus, hypothalamus, pont de Varole, fornix ou encore glande pinéale. J'imaginais cette assistante qui me guettait depuis l'accueil ôter sa perruque puis extraire chaque soir son cerveau afin de nettoyer de fond en comble sa boîte crânienne avant de remettre délicatement le tout en place.

Je balayai d'un revers de main ces pensées et ouvris le journal qu'on m'avait remis à mon arrivée. Comme la photo du maire François Makélé occupait la moitié de chaque page, je refermai le quotidien et le balançai par terre. De loin, je croisai le regard réprobateur de l'assistante qui semblait ne pas apprécier ce geste.

Après un quart d'heure, un bout d'homme obèse et chauve s'avança vers moi et me tendit une main moite. Je me retins de lui donner la mienne et, méfiant, lui demandai :

– Vous aussi vous travaillez ici ?

– Je suis le docteur Lucien Kilahou...

Si j'avais hésité à le saluer ce n'était pas tant à cause de la transpiration de ses mains mais parce qu'il ne portait pas de blouse blanche comme les vrais docteurs et arborait plutôt un ensemble en pagne avec autour des manches et du cou des broderies luisantes qui me causaient des migraines.

– Veuillez me suivre, monsieur..., fit-il.

Il me conduisit dans une autre pièce très climatisée, avec des murs peints en blanc. Il me proposa un siège en cuir, s'assit en face de moi, les bras croisés sur son ventre bedonnant. Mon attention était captée par une photo encadrée et accrochée au mur, la seule image de la pièce d'ailleurs, juste derrière lui : le médecin était entouré d'une femme blanche et d'une adolescente métisse et dodue, son portrait craché.

– J'ai souvent discuté au téléphone avec votre voisin dont j'ai guéri un des parents, votre cas m'intéresse... C'est moi qui lui ai suggéré de vous amener ici, sans rendez-vous, le jour où il arriverait à vous mettre la main dessus. Il me semble que ce n'était pas si facile, et cela a pris des mois ! En tout cas, je suis au courant des difficultés que vous éprouvez depuis un certain temps, et je peux vous confirmer que votre voisin a beaucoup d'estime pour vous...

– Oui, mais il est resté chez lui !

– Ah non, il vous attend en bas, dans le hall... Regardez donc à votre gauche.

Sur un petit écran en noir et blanc que je n'avais pas remarqué jusque-là, on voyait en effet tout le hall du rez-de-chaussée et Kolo Loupangou qui se goinfrait de sucreries.

Le médecin se leva, alla éteindre l'écran et revint en face de moi :

– Bon, je vais vous poser quelques questions…

– Des questions ?

– Dans notre jargon cela s'appelle le QAM, autrement dit le « Questionnaire d'Auto-évaluation de la Mémoire ». J'essaie, lorsque c'est possible et nécessaire, d'adapter mes questions selon le patient et la réalité de notre pays.

Il posa une pile d'images sous mes yeux, ouvrit un carnet de notes, me questionna pendant plus d'une demi-heure sur les noms et les visages des personnes célèbres du Congo, du pays d'en face, de la France, sur les Noirs d'Amérique comme Mohammed Ali, George Foreman ou Martin Luther King, sur mon enfance, sur l'orphelinat de Loango où, une semaine après ma naissance, je fus déposé à la sauvette par mes géniteurs que je n'ai pas connus. Je sus à cet instant que c'était mon voisin qui lui avait fourni certains détails précis de mon existence.

Le docteur insista ensuite sur les tâches de la vie courante, sur les directions pour aller du quartier Rex au quartier Trois-Cents ou du quartier Savon au quartier Tié-Tié, sur l'actualité, sur le vocabulaire en français, en munukutuba ou en lingala, etc. Dès que je répondais, il mettait des croix sur un formulaire qu'il m'empêchait de lire grâce à sa grosse main humectée posée dessus. Je compris qu'il m'attribuait des notes et qu'à la fin mes réponses le renseigneraient sur mon état.

196

Plus cet exercice durait, plus les questions du docteur m'agaçaient.

– Êtes-vous un homme ou une femme ?

Sans hésiter, je répondis :

– Ça dépend des jours et des mois.

Ses moustaches jusque-là en berne se dressèrent de stupéfaction :

– Et aujourd'hui vous êtes un homme ou une femme ?

– Peut-être les deux, je ne sais pas, je ne sais plus…

– Et quel est votre nom ?

– Petit Piment.

– Je voulais dire votre nom de famille, pas votre surnom…

– C'est comme ça qu'on m'appelle, et quand on n'a pas de famille, il vaut mieux ne pas avoir un nom de famille… Moi j'aurais préféré avoir un joli nom ! Un nom qui sonne bien !

– Ah oui, lequel par exemple ?

– Robin des Bois…

– Pourquoi Robin des Bois ? C'est pas un nom congolais, à ce que je sache !

– Ce serait trop long à vous expliquer, docteur.

– Je reviens sur une question à laquelle vous n'avez pas répondu : quel est le nom de notre président de la République, le Père de la Nation ?

– François Makélé…

– Non, François Makélé c'est le maire de Pointe-Noire, et j'avais demandé à ma secrétaire de vous remettre un journal dans lequel il y avait sa photo sur chaque page. Elle m'a dit que vous avez jeté ce quotidien par terre. Pourquoi avez-vous eu cette réaction ?

– C'était un vieux journal, il datait d'un an !

– Je sais, mais on n'élit pas le maire chaque année…

Pour couper court à cet interrogatoire dans lequel le docteur se permettait chaque fois de me corriger, de répondre à ma place, je changeai de sujet :

– Et les piqûres alors ?

– Quelles piqûres ?

– Vous comprenez, docteur, moi dès que j'aperçois une seringue, c'est foutu, je tombe dans les pommes de terre.

– Comment ça les pommes de terre ?

– Oui, c'est comme ça qu'on dit, non ?

– Monsieur Petit Piment, il n'y aura pas de piqûre, du moins pas pour aujourd'hui, et avec moi vous ne tomberez pas dans les pommes de terre, comme vous dites.

– Et la prochaine fois ?

– À chaque jour suffit sa peine…

– Qu'est-ce que vous entendez par là ?

– Ça dépendra du résultat des examens que je vous ferai faire.

Je pressentais qu'il se payait ma tête lorsqu'il cessait de sourire puis me dévisageait comme si je venais d'une autre planète. Quand un docteur vous regarde même pendant quelques secondes sans rien dire vous avez l'impression qu'il vous regarde depuis une heure et vous cache un diagnostic alarmant. Donc ça vous pousse, vous, à dire des choses. Oui, c'était sans doute sa technique à lui pour inciter ses patients à se confesser.

– Je suis conscient que j'ai été un peu plus long que d'habitude, je vais essayer d'aller plus vite…

Il me montra deux objets disposés sur une petite table derrière moi :

– Ces deux choses ne vous disent rien de précis ?

Je me retournai et jetai à peine un coup d'œil :

– Ça ne me dit rien !

– Monsieur Petit Piment, je vous prie d'observer une attitude de coopération et de prendre votre temps…

– N'empêche que ces objets sont inutiles !

– Pourquoi vous dites ça ?

– Qui les a d'ailleurs posés sur cette table ? Est-ce que c'est dans un bureau que ces choses doivent être rangées ?

– Écoutez, je vais être franc avec vous : je ne suis pas là pour rigoler ! J'ai étudié en France, je vous le rappelle, des fois que vous ne l'auriez pas lu sur la plaque en entrant dans ce cabinet ! Donnez-moi juste les noms de ces deux objets et nous passerons à l'étape suivante !

Je ne me laissai pas intimider par son changement de ton :

– Ils ne me disent rien…

– Regardez-les bien encore une fois !

– Ils ne me disent rien.

– Vous pouvez au moins vous en souvenir ! Tout le monde en a, et vous en avez forcément chez vous !

– Non, je ne peux pas !

– Vous ne *pouvez* pas ou vous ne *voulez* pas ?

Je me redressai et rajustai le col de ma chemise :

– Si c'est comme ça, je m'en vais !

– Monsieur Petit Piment, j'aimerais vous entendre dire : « Ça c'est une cuiller, elle sert à manger du potage, des aliments liquides ; et ça, c'est une marmite, elle sert à faire cuire les aliments ! » C'est pourtant facile de dire le nom d'un objet et d'expliquer sa fonction !

– Vous voulez que je vous dise mon vrai problème, docteur ?

Je le sentis perplexe avant qu'il ne concède :

– Allez-y toujours, je suis aussi là pour vous écouter.

– Ma maladie vient de loin, de très loin…

– C'est-à-dire ?

– Si je suis malade c'est à cause des compléments circonstanciels…

Il éclata de rire :

– On ne me l'avait jamais faite, celle-là ! D'où sortez-vous ça ?

– C'est un ami qui me l'a dit, il s'appelle Fort la Mort…

– Je veux bien, mais quel est le rapport entre vos troubles psychiques et les compléments circonstanciels ?

– Si vous me permettez, docteur, quel est le rôle d'un complément circonstanciel dans une phrase ?

Gêné par la question, il baissa les yeux, étouffant un autre éclat de rire :

– Je reconnais que vous me prenez de court, j'avoue que je n'y ai jamais songé et…

– Mon ami Fort la Mort m'a dit que le complément circonstanciel est là pour compléter l'action qu'exprime le verbe selon les circonstances. C'est vous dire que sans lui, le verbe il est foutu pour de bon, il n'exprime plus avec précision la cause, le moyen, la comparaison, etc., est-ce que je me trompe ? Peut-être que ma mémoire n'est plus fiable parce que j'ai perdu la plupart de mes compléments circonstanciels ! Ou alors je ne sais plus comment les placer dans mes phrases ! Si j'ai pas mes compléments circonstanciels quand il faut qu'ils soient là, je ne peux donc plus me souvenir du temps, du lieu, de la manière, etc., et mes verbes ils sont désormais tout seuls, ils deviennent des orphelins comme moi et, dans ce cas, plus rien ne m'informe sur les circonstances des actions que je pose, c'est d'ailleurs pour cela qu'on appelle ces compléments « circonstanciels ». Fort comme la Mort pense que je peux ramasser d'autres compléments circonstanciels dans la rue car il y a des gens qui les jettent une fois qu'ils les ont utilisés, mais il me faudra ramasser ceux qui correspondent à ceux que j'ai perdus. C'est difficile car je ne suis pas le seul à rechercher ça dans cette ville, et chaque fois que j'en trouve ça ne correspond jamais à ce que j'avais avant, et donc je ne…

– Écoutez, ça suffit comme ça !

– Parce que, entre nous, docteur, je ne vous parle même pas des compléments d'objets directs ou indirects qui, eux, à la différence des compléments circonstanciels sont plutôt faciles à joindre au verbe et…

– J'ai dit ça suffit comme ça ! Je suis médecin, pas un professeur de français !

– Je voulais sincèrement vous aider, docteur…

– Procédons par quelque chose de plus simple. Quel est le dernier souvenir que vous avez en tête maintenant ?

– Maintenant ?

– Oui, maintenant.

– Vous voulez dire en dehors de mes compléments circonstanciels qui se sont barrés et qui ont laissé mes verbes tout seuls ?

– Ne vous inquiétez pas pour ça, si vous répondez à ma question vos compléments circonstanciels reviendront aussi vite qu'ils sont partis.

Je réfléchis un moment, puis lâchai :

– En fait, je me souviens qu'avant-hier en fin d'après-midi j'ai vu des nains qui piétinaient mes pauvres petits épinards dans mon jardin. Qu'est-ce que j'allais faire, moi, hein ? Eh bien, je les ai tous chassés parce que, mettez-vous à ma place un instant, mes pauvres petits épinards ne leur avaient rien fait de mal, ils venaient juste de pousser et c'est moi qui les arrose tous les matins et tous les soirs. Il faut d'ailleurs que je n'oublie pas de les arroser ce soir…

– Des nains dans votre jardin, vous dites ?

– Oui, de vrais nains de jardin ! Ils parlaient comme vous et moi ! Il y avait même des nains jumeaux, et je vous dis que c'est rare d'en trouver par les temps qui courent !

– Ce ne sont pas par hasard vos amis de la Tchinouka ou de la Côte sauvage que vous prenez pour des nains de jardin ?

– Non, c'étaient des nains ! Ils avaient des bouches, des bras, des nez, des oreilles et aussi quelque chose qui pendillait entre leurs jambes, si vous voyez ce que je veux dire. Ils étaient nombreux. Y en avait un, le plus vieux de la bande, je crois, il était habillé en douanier et il parlait de ses dix gosses et neveux qu'il devait nourrir.

– Et comment vous vous êtes débarrassé d'eux ?

– J'ai dû leur jeter de l'eau pimentée dans la figure avant qu'ils ne s'échappent dans un camion de la Compagnie maritime !

– Votre voisin m'avait confié que vous travailliez autrefois dans la Compagnie maritime…

– Je n'étais pas n'importe qui, moi !

– Et ces nains, vous les côtoyiez aussi dans votre travail au port ?

– Et comment ! J'étais leur patron, leur supérieur hiérarchique ! C'est pas des nains qui pouvaient me commander, moi Petit Piment !

– Et vous, Petit Piment, est-ce que vous êtes un nain comme eux ?

– Ça dépend des jours et des mois. Et puis, si je me compare à un dinosaure, c'est obligé que je sois un nain pour le dinosaure…

– Donc si je comprends bien, vous avez déjà vu un dinosaure ?

– Franchement, docteur ! Qui n'a jamais vu un dinosaure, hein ? Il y en a plein dans la Tchinouka ! Et, contrairement à ce que les gens pensent, les dinosaures ils sont tout gentils avec vous si vous ne les provoquez pas et...

– Vous sentez l'alcool... Vous buvez beaucoup ?

– Comme tout le monde...

– C'est-à-dire ?

– Un casier de bière par jour, mais attention, je ne suis pas le seul à boire ! Si vous voulez je vous cite des noms !

– Ça ira...

– Parce que, je ne voudrais pas que vous croyiez que je suis le seul dans cette ville à picoler de temps en temps. On est nombreux là-bas à la Côte sauvage, surtout à la Tchinouka, vous pouvez le vérifier, chacun ramène son casier de bière. Sauf peut-être le plus vieux d'entre nous, le menuisier Mokili Ngonga, lui il ne boit pas de la bière, il ne boit que du whisky parce que d'après lui la bière ça donne du ventre, et quand le ventre est gros comment voulez-vous qu'on voie son sexe pour le saisir et faire pipi ? En plus je...

– Et aujourd'hui avez-vous bu ?

– Oui, mais je n'ai pas tout bu, j'ai caché deux bières dans le sable dès que j'ai vu mon voisin venir m'attraper pour m'emmener chez vous, et j'espère que ces deux bouteilles feront des bébés-bières en pagaille.

Je pris le moment de réfléchir avant d'ajouter :

– Non j'ai pas tout bu, mais c'est pas grave, même quand je ne bois pas c'est comme si j'avais bu : j'ai la chance d'avoir un corps qui stocke de l'alcool. Mes amis me complimentent souvent, et ils disent que je suis une vraie brasserie, moi !

Je rigolais pendant que le docteur murmurait :

– Je vois peut-être de quoi vous souffrez...

– Attendez docteur, il n'y a pas que les nains qui me dérangent...

– Cette fois c'est qui ? Une armée de géants ?

– En fait, depuis un moment je n'arrive pas à effacer de ma mémoire l'image d'un gros chat noir que nous avions mangé et…

– Quoi ? Vous avez mangé un chat noir ?

– Moi je lui voulais du bien, c'est les Bembés qui l'avaient attrapé et on l'a mangé comme si c'était de la viande normale alors que non !

– Ce qui est certain c'est que vous ne manquez pas d'imagination, monsieur Petit Piment !

– Je vous jure que c'est la vérité, docteur !

– On vous écouterait des heures et des heures, mais revenons à la réalité…

Le neuropsychologue entama alors des explications alambiquées que j'écoutais sans broncher. J'entendis des termes aussi compliqués que ceux que j'avais lus dans la salle d'attente, les uns plus amphigouriques que les autres : Alzheimer, agnosie, amnésie antérograde, amnésie rétrograde, amnésie antéro-rétrograde, amnésie lacunaire ou amnésie sélective…

Après cette succession de charabias il conclut :

– Ça ne m'étonnerait pas que nous ayons affaire au syndrome de Korsakoff…

Je sursautai de mon siège :

– C'est qui encore ce Korsakoff ?

Il garda son calme pour m'annoncer :

– Sergueï Korsakoff fut un neuropsychiatre du XIXe siècle. C'est de l'ordre de l'ironie du sort de constater que quelqu'un comme lui qui avait consacré sa vie aux maladies du cerveau est mort à quarante-six ans d'une crise cardiaque ! Est-ce à dire que s'il était cardiologue il serait plutôt mort de la maladie qui porte aujourd'hui son nom ?

S'avisant que je semblais quelque peu perdu, il se reprit :

– En gros, vous avez probablement quelques complications de l'encéphalopathie de Wernicke… Il me faudra cependant procéder à un diagnostic plus approfondi. Quelques signes préliminaires me laissent croire qu'il s'agit bien de ce syndrome : vous consommez de l'alcool de manière excessive depuis des années, vous avez du mal à vous souvenir des choses passées et à assimiler les nouvelles et, si je m'en tiens à votre histoire de nains qui vous hantent ou du chat noir que vous auriez mangé avec vos amis, vous avez une forte disposition à la fabulation…

– Docteur, donc vous pensez que je ne suis qu'un menteur, moi ?

– Je ne vous accuse de rien, monsieur Petit Piment… Je cherche le diagnostic et je n'en suis qu'à des conjectures. Néanmoins je me trompe peu sur ce syndrome, c'était le sujet de ma thèse de doctorat en France, thèse que j'avais réussie au passage avec la mention « Très honorable ». Disons qu'après les examens que je vous ferai faire, il va falloir que nous envisagions un traitement qui prendra du temps, beaucoup de temps…

Toujours accompagné de Kolo Loupangou qui m'attendait dans le hall et qui s'empiffrait de friandises quand il ne ronflait pas sur le canapé les pieds posés sur la table basse, je revins plusieurs semaines de suite pour d'autres consultations et des analyses à l'issue desquelles le docteur Kilahou confirma que mon « bilan neuropsychologique » était « lourd », que j'avais des « lésions cérébrales très avancées ».

Son air fuyant m'angoissait, et je sentis mon cœur tomber dans le ventre lorsqu'il conclut :

– Je ne voudrais pas vous donner trop d'espoir car la maladie que vous avez est irréversible… Néanmoins je vais vous prescrire des médicaments afin de calmer les effets secondaires et…

– Je ne suis pas malade, docteur !

– Ceux qui, comme vous, font face aux atteintes amnésiques tombent en général dans ce que nous appelons l'*anosognosie*, l'état qui les conduit à nier la souffrance de leur maladie…

Il me déconseilla de boire de l'alcool, même pas une seule goutte, et m'imposa un régime alimentaire qu'il nota sur un bout de papier. Je m'évanouissais chaque fois qu'il m'administrait de fortes doses de vitamines B1 par voie intraveineuse…

Pendant tout ce traitement Kolo Loupangou ne me quittait plus d'une semelle, mais il ne m'attachait pas au pied d'un manguier comme l'auraient fait la plupart des Ponténégrins qui traitent de la sorte leurs malades mentaux avant de se résoudre à les déposer dans un asile psychiatrique. Combien de fois n'avais-je pas vu des fous avoir les mains et les pieds liés à l'aide d'une cordelette qu'ils mordillaient nerveusement tandis qu'ils poussaient des aboiements comme s'ils étaient de vrais canidés. Les chiens eux-mêmes, surpris par ce spectacle humiliant, s'arrêtaient un instant devant les malheureux captifs, dressaient leurs oreilles parce qu'ils ne comprenaient plus dans quel monde ils se trouvaient.

À la fin de chaque séance, mon voisin avait maintenant les mêmes mots à mon égard lorsque je le rejoignais dans le hall :

– Je suis très fier de toi, Petit Piment, car hier tu as dormi dans ta cabane. C'est encourageant, ça veut dire que le traitement commence à marcher. Je viendrai te chercher la semaine prochaine, tu as vraiment intérêt à ne pas disparaître, ce n'est pas le moment, il s'agit de ta santé !

Mon voisin était peut-être trop optimiste. Trois ou quatre mois plus tard, c'était comme si nous étions toujours au point de départ. Excédé par mon impolitesse, le docteur Lucien Kilahou me pria de ne plus remettre les pieds dans son cabinet. Je le traitais de plus en plus de nain, voire de Pygmée. Je lui parlais des compléments circonstanciels que je ramassais dans la rue, mais qui ne correspondaient pas à ceux que je recherchais. Je lui racontais ma lutte acharnée contre les nains de la Compagnie maritime qui sapaient mes épinards. Je n'oubliais pas le chat noir que nous avions mangé et qui miaulait de plus en plus fort dans ma tête.

– Vous êtes le plus grossier des patients que j'ai eus dans ce cabinet ! Le syndrome de Korsakoff n'excuse pas tout.

– J'ai fait des progrès, docteur, même mon voisin me l'a dit et…

– Non, vous sentez en permanence l'alcool, et pourtant je vous l'avais interdit il y a six mois ! Je ne disais rien lorsque vous arriviez ici ivre, mais il y a des limites, et vous ne faites que les dépasser !

– Donnez-moi une dernière chance, docteur…

– Il n'y aura pas de dernière chance, vous les avez toutes gâchées et je vous prie de sortir de ce cabinet ! Malgré le serment d'Hippocrate que j'ai prêté en Europe, je ne veux plus vous revoir ici, vous n'êtes qu'un imposteur !

Je ne bougeai pas de mon siège, et je sentais sa colère monter.

– Si vous ne sortez pas d'ici j'appelle la police ! Et vous savez où elle ira vous cloîtrer ? Dans un asile !

Le mot « asile » résonna tellement dans ma tête que je me levai d'un brusque mouvement. Avant de m'en aller, je lui hurlai ce que j'avais dans le cœur depuis un moment :

– Dès le premier jour vous vous foutez de ma gueule ! Tant pis, vous n'êtes pas le seul docteur de la ville !

Au moment de sortir du cabinet, je notai que les ustensiles dont il se servait pour mes tests étaient encore posés sur la table du fond, et je me fis un malin plaisir à lui dire :

– Savez-vous pourquoi l'un de ces deux ustensiles s'appelle *marmite* ? Parce que c'est un récipient hypocrite comme vous, on ne sait pas ce qu'il y a dedans tant qu'on ne soulève pas le couvercle ! Vous n'êtes qu'une marmite, docteur ! Qu'est-ce que j'en ai à foutre de la cuiller, moi, hein ? Est-ce que vous savez qu'autrefois même le coquillage servait de cuiller et que c'était en principe pour manger des escargots ? Qui est un escargot et qui est une cuiller entre vous et moi ?

– Sortez d'ici !!!

Une fois dans le hall, mon voisin vit la gueule que je faisais et s'alarma :

– Tu as eu plus d'injections que d'habitude ?

– Je ne reviendrai plus ici de toute façon, il m'a viré à cause de la marmite et de la cuiller, et c'est avec ça qu'il piège les malades !

À ma grande surprise, Kolo Loupangou fut encore plus dur que moi à l'égard de ce médecin :

– Ce type n'est fort que lorsque quelqu'un a une scolopendre dans la tête. Or toi c'est pas la scolopendre qui est dedans, c'est autre chose, il n'y a qu'un guérisseur traditionnel qui pourrait aller fouiller dans ta mémoire et remettre les choses bien comme il faut...

Je n'étais plus escorté par Kolo Loupangou puisque le guérisseur qu'il avait choisi n'habitait pas loin de la Tchinouka. Il m'était arrivé de passer cinq à six fois dans la journée chez ce guérisseur qui, surpris, me rappelait :

— Petit Piment, qu'est-ce que tu fais là encore ? Tu es déjà venu à midi !

— Ah bon ?

— On a mangé ensemble comme d'habitude, souviens-toi !

Il s'appelait Ngampika et ne se faisait payer qu'après la guérison totale de ses malades, ce que la médecine des Blancs ne pouvait garantir, ajoutait-il dans un élan d'autosatisfaction. La pancarte, à l'entrée de sa parcelle, était sans doute la plus saturée de la ville :

Guérisseur Ngampika
Descendant direct et légitime du roi Makoko
Ancien sorcier personnel du maire, du préfet et du président de la République
Spécialiste des maladies inguérissables connues et inconnues
Retour assuré de votre femme à la maison dans les 24 heures

Guérison totale de la stérilité, de l'impuissance, de la hernie
Envoûtement de vos ennemis
Ravitaillement du malade pendant tout le traitement
Paiement après guérison totale et définitive

Je me sentais à l'aise avec Ngampika. C'était un petit vieux affable qui me tutoya d'emblée et avec qui je rigolais autour d'un bon vin de palme parce que la science des Blancs, soutenait-il, comptait beaucoup plus de termes incompréhensibles que de guérisons effectives. Je lui répétais qu'il ne fallait pas trop que j'abuse de ce vin de palme qu'il m'offrait :

– Le docteur Kilahou a dit que j'ai le Korsakoff, et il paraît que c'est aussi à cause de l'alcool que…

– Petit Piment, ce docteur t'a raconté des salades ! Le kwashiorkor est une maladie pour enfants ! Tout le monde le sait, sauf lui ! Il a trop étudié en France où on a dû garder son cerveau. Est-ce que les enfants boivent de l'alcool, hein ? Et pourtant ce sont eux qui sont touchés par le kwashiorkor dans ce pays !

Nous nous saoulions et riions tellement que Ngampika oubliait que j'étais là pour une raison bien précise : recouvrer ma mémoire.

– Allons, allons, un autre petit verre ! On boit à la santé des ancêtres et on emmerde le docteur Kilahou ! Demain tu reviendras, on entamera la première consultation tranquillement. Donne-moi cette nuit pour dialoguer avec les ancêtres et tu verras le résultat !

Le jour de la première séance, j'arrivai chez lui tiré à quatre épingles. Un de mes amis de la Tchinouka m'avait coupé les cheveux à l'aide d'une lame Gillette et un autre m'avait prêté ses habits.

Le guérisseur me félicita :

– Tu es très bien habillé ! Par contre je ne sais pas quel imbécile t'a coupé les cheveux, c'est raté, y a des nids-de-poule partout !

Il me signala du menton les six masques aux mines patibulaires suspendus au-dessus de nous :

– Tu as fait attention à ces masques ?

Je relevai la tête, anxieux :

– Qu'est-ce qu'ils sont laids ! On dirait des monstres !

– Attention à toi, ils nous écoutent, et j'ai passé la nuit entière à discuter avec eux…

– Carrément !

– Tu ne guériras pas sans leur aide.

– Et comment feront-ils, parce qu'il faut bien qu'ils se détachent de là-haut pour…

C'était comme si une mouche l'avait piqué. Les yeux rouges et exorbités, il se lança dans une longue tirade :

– Écoute, c'est pas ton domaine le dialogue avec les masques, ça c'est le travail de Ngampika, l'homme exceptionnel qui est en face de toi ! Je suis le descendant direct et légitime du roi Makoko, le cousin germain du roi Mâ Loango et le parent éloigné de la famille royale de Rudolf Douala Manga Bell dont le fils Douala Manga Bell, devenu roi, fut pendu par les Allemands en 1914 parce qu'il s'opposait au projet d'urbanisation prévoyant d'exproprier l'ethnie des Doualas ! Les Doualas c'étaient des Congolais comme toi et moi, mon cher, sauf que eux ils avaient la bougeotte et, au XVIe siècle, à force de trop bouger ils se sont installés près de l'estuaire du Wouri qui deviendra la ville qu'on connaît aujourd'hui sous le nom de Douala ! C'est pour ça que lorsque je vais au Cameroun pour acheter quelques gris-gris qui me servent à soigner la hernie – je veux dire la hernie qui gonfle les testicules parfois au-delà de la proportion d'une papaye –, en quelques semaines je parle le douala sans accent ! Mes ancêtres, que je te dise, Petit Piment, ils étaient riches en or, avec des femmes en pagaille et des esclaves à la pelle. Or qu'est-ce qu'ils ont fait de tout ça, hein ? Ils ont distribué leur fortune pour être près de ceux qui souffrent, pour les aider, pour être les interprètes des messages de nos esprits ! Ma richesse ce sont ces masques, et je ne fais pas cette activité pour amasser du fric sinon je ne serais pas le seul à ne me faire payer qu'après rétablissement intégral du malade alors que les médecins de ce pays se font rémunérer par la sécurité sociale même s'ils ne guérissent pas le malade ! Tu trouves ça normal, toi ? Est-ce que tu peux confier une voiture à un mécanicien de ce quartier et le payer alors qu'il n'a pas réussi à la réparer bien comme il faut ? C'est du jamais-vu ! On peut tout enseigner dans ces écoles de médecine d'ici ou d'ailleurs, mais les humeurs de nos aïeux resteront un mystère. À partir de ce jour, dis-toi que tes peines appartiennent au passé. Tu as frappé à la bonne porte. Après quelques séances ta mémoire sera si claire que tu te souviendras de tout, y compris du goût de tes premières larmes quand tu sortais du ventre de ta maman !

Avec Ngampika je n'avais ainsi qu'à boire ce qu'il me tendait pendant qu'il récitait quelques formules destinées aux esprits. Ceux-ci, d'après lui, avaient la mission de graver en gros caractères ce qui s'était effacé de ma mémoire et de me prévoir des millions de pages vierges où s'écriraient en lettres capitales mon présent et mon futur. Il me donnait à boire du pipi de criquet, du sang de mamba vert, de la bave de crapaud, des poils d'éléphant mélangés avec du kaolin et de la crotte de moineau. Ngampika me traitait comme son parent, m'invitait à partager son plat le midi avant le début de la consultation.

– Ces docteurs blancs, est-ce qu'ils savent qu'avant de soigner quelqu'un il faut d'abord le faire manger, hein ? Moi j'ai eu des malades ici qui, en réalité, n'étaient pas malades mais avaient tout simplement faim, et fallait voir comment ils mangeaient ! Comme toi !

C'était à croire que je me rendais désormais chez Ngampika rien que pour le couvert. J'avais mon déjeuner copieux garanti, préparé avec soin par son épouse, une vieille édentée qui s'effaçait aussitôt qu'elle avait déposé deux grosses assiettes creuses en aluminium devant nous. Je soulevais le couvercle, découvrais des morceaux de viande, de la sauce à la pâte d'arachide et des boules de manioc que je dévorais précipitamment car cette femme-là, elle savait préparer. J'ignore ce qu'elle mettait dans sa nourriture, mais je ne pouvais plus m'arrêter, et elle était obligée de me servir deux fois. Et si la marmite était vide, Ngampika qui grignotait plus qu'il ne mangeait me filait le reste de son assiette.

De tout ce que j'avais mangé chez ce guérisseur c'était en particulier le plat d'antilope que j'affectionnais. Le parfum de la pâte d'arachide mêlé aux épices très fortes et à l'odeur du piment vert me rendait fou. J'avalais des morceaux de manioc et des boulettes de viande sans les mâcher tandis que le piment me picotait les boyaux. Je léchais ensuite l'assiette afin de signifier à mes hôtes que mon ventre n'était pas encore plein. Et quand je souffrais de la diarrhée pendant quelques jours, Ngampika ne s'en alarmait pas :

– C'est normal, c'est toutes ces choses mauvaises cachées dans ton cerveau qui sortent enfin !

– Pourquoi elles sortent par le bas ?

– Par où pensais-tu qu'elles allaient sortir, hein ?

– Par la bouche…

– Ah non, en matière de guérison traditionnelle, toutes les maladies qui sont en haut, je veux dire dans la tête, sortent en bas, et celles d'en bas sortent en haut. La guérison est en route, Petit Piment !

Un soir, après plusieurs verres de vin de palme, Ngampika me proposa de passer la nuit chez lui.

– Il faut que mes masques te voient dormir. C'est pendant ton sommeil qu'ils pénétreront dans ta tête pour ôter les impuretés qui empêchent ta mémoire de bien fonctionner.

Son épouse me prépara une natte dans le salon avec un drap blanc maculé de taches de sang partout. Ngampika intervint au moment où il constata que je regardais avec répugnance le drap :

– On a bien lavé ce drap, mais le sang ça ne part pas facilement ! Tu n'as rien à craindre…

Lorsque l'unique lampe-tempête de la maison fut éteinte, j'eus l'impression que les yeux des masques étaient des torches orientées vers moi. Ngampika et son épouse ronflaient depuis la seule chambre de la maison. Curieusement, ces ronflements paraissaient provenir des masques. Par bonheur, je réussis enfin à fermer l'œil. Mais aussitôt, dans mon rêve, j'étais poursuivi par une armée de masques qui ricanaient et pointaient des sagaies vers moi. Je courais plus vite qu'eux, avec l'aisance et la célérité de celui qui porte des bottes de sept lieues. J'enjambais des lacs, je sautais des rivières, je m'envolais parfois à l'approche d'une forêt et me posais sur le faîte d'un arbre afin de respirer quelques minutes, fier d'avoir semé mes poursuivants. À mon grand désespoir, je les entendais à moins de cinq cents mètres. Quand je fonçais droit devant moi, les dents serrées, les poings fermés, ils empruntaient d'autres voies, celles des ténèbres, celles des lacis, de la forêt dense et infestée de moustiques, de mambas verts, de boas affamés. J'entendais les pauvres masques hurler de douleur, sans doute à cause des épines et des piqûres des insectes.

Cette course effrénée prit fin avec le premier chant du coq et, lorsque par bonheur j'ouvris les yeux en constatant que le jour se levait, que les masques s'étaient replacés contre le mur et boudaient parce que j'avais été plus fort qu'eux, je sus que Ngampika aurait du mal à me soigner.

Comme je ne guérissais pas, Ngampika ne pouvait pas être payé. Il me faisait maintenant la gueule, et on se regardait en chiens de faïence. Il ne raillait plus le docteur Lucien Kilahou et ne vantait plus ses origines qui allaient des royaumes du Congo en passant par ceux de l'Angola et du Cameroun.

– Y a rien à manger aujourd'hui, m'annonça-t-il un jour depuis le seuil de sa porte.

– Fallait me prévenir ! J'ai rien mis dans ma bouche depuis le matin parce que je croyais que j'allais manger ici comme d'habitude !

Devant le culot de ma réponse, il s'enflamma :

– Comme d'habitude ? Écoutez-moi celui-là ! La nourriture s'achète ! Tu crois que nous la ramassons au Grand Marché ? Le pipi de criquet, le sang de mamba vert, la bave de crapaud, les poils d'éléphant mélangés avec du kaolin et de la crotte de moineau, ça coûte la peau des fesses ! J'ai fait deux voyages au Cameroun pour les avoir ! Qui a payé mon transport, hein ? Tu veux que je te dise ce que mes masques se racontent entre eux te concernant ? Ils pensent que tu simules ta maladie pour ne pas payer ! Ils t'ont sondé quand tu as passé la nuit dans cette maison, et ils sont formels : tu es le plus grand imposteur de cette ville, voire de ce pays ! Tu ne me rouleras pas, crois-moi ! Si tu ne passes pas à la caisse, c'est moi qui te mettrai dans une caisse pour un voyage direct dans l'autre monde !

Après mûres réflexions je revins le lendemain chez Ngampika avec du pipi de criquet, du sang de mamba vert, de la bave de crapaud, des poils d'éléphant mélangés avec du kaolin et de la crotte de moineau. Mon voisin, qui était au courant du changement d'humeur du guérisseur, m'avait aidé à préparer un plat de porc-épic aux épinards. Mais quand Ngampika remarqua le panier rempli de nourriture, il rugit :

— N'entre pas chez moi aujourd'hui si tu ne veux pas subir la colère de mes masques !

— Regarde, j'ai ramené de la nourriture, nous allons manger ensemble, ta femme peut aussi se joindre à nous…

La vieille dame, qui devait nous écouter en cachette, surgit derrière lui, et hurla de sa voix chevrotante :

— Profiteur ! Mon mari t'a guéri de ton kwashiorkor, tu dois nous payer ! Tu dois rembourser la nourriture que tu mangeais ! C'est moi qui la préparais, et je ne suis pas ton esclave !

Elle disparut comme elle était apparue, et Ngampika répéta à son tour :

— Tu as entendu ce qu'elle a dit, non ? Tu es guéri, tu dois nous payer !

— Je ne suis pas guéri, et je ne payerai pas ! Est-ce que c'est moi qui demandais à ton épouse de m'apporter à manger, hein ?

– Alors dégage de là et va voir un autre pigeon ou retourne chez le docteur Lucien Kilahou, Ngampika est un noble, et il ne traitera plus avec un bonimenteur de ton espèce !

– C'est moi le bonimenteur ?

– Oui, c'est toi ! Tu n'es qu'un pique-assiette !

– Et toi tu n'es qu'un escroc ! Tu n'as d'ailleurs jamais guéri personne ! Ta femme est une sorcière qui a aggravé ma maladie avec sa nourriture !

– C'est de ma femme que tu parles comme ça ? Attention à toi, taré ! Je te maudis dix fois ! Tu vas voir ce qui va t'arriver, tu n'es qu'au début de tes malheurs !

Je quittai les lieux avec ma nourriture car Ngampika promettait de m'envoyer des animaux nuisibles dans mon sommeil. Je serais alors cerné par des créatures ayant des têtes de bêtes et des corps d'humains. Ces hommes-animaux, prédisait-il, me projetteraient leurs piquants dans la cervelle. Je ne savais pas où il était allé dénicher de telles histoires…

J'avais déçu mon voisin qui se décarcassait pour ma santé. Il semblait presque me laisser tomber lorsqu'il me sermonna :

– Petit Piment, tu ne peux pas avoir raison tout le temps, et les autres, le docteur Kilahou et Ngampika, avoir tort.

Il n'avait pas au fond tort, et c'était à présent à moi-même de prendre la situation entre mes mains.

De toute façon, je n'avais plus rien à perdre…

Le Marocain

Je m'étais fait confectionner une tenue verte chez un couturier du quartier Trois-Cents qui n'avait pas l'habitude de ce genre de commande. Je portais des chaussures très allongées et pointues que j'avais dénichées chez les Ouest-Africains du Grand Marché et qui ressemblaient aux poulaines du Moyen Âge. Mon capuchon, également vert, était surmonté d'une plume de paon que j'avais arrachée de ce grand oiseau qui paradait étrangement près de ma cabane comme s'il était envoyé par des mauvais esprits ou des gens malintentionnés pour savoir ce qui se passait dans ma tête.

Non, je n'étais pas sur un cheval et je ne possédais pas d'arc comme Robin des Bois. Je marchais plutôt d'un pas pressé depuis une demi-heure le long de la rivière Tchinouka avec un couteau dans la main gauche et me répétais que c'était à quarante ans, c'est-à-dire à mon âge, que Moïse, révolté par la misère de son peuple au quotidien, avait tué un contremaître égyptien qui s'en prenait à un Hébreu…

Quand les rayons de soleil se réverbéraient sur la lame de mon couteau, j'avais le sentiment que ma mémoire me revenait enfin, que cette arme blanche me servirait à reconquérir mon identité, à me délier des chaînes d'un mauvais destin que j'avais hérité d'un père que je ne connaîtrais pas jusqu'à la fin de mes jours.

Le fait même d'avoir un couteau entre les mains montrait certainement que j'appartenais à l'ethnie des Bembés, eux qui savaient l'utiliser comme Robin des Bois maniait avec dextérité son arc…

Étais-je aussi fort pour être le Robin des Bois de Pointe-Noire ou ne resterais-je dans l'esprit des bandits de mon époque que ce garçon dont le fait le plus éclatant fut d'avoir mis de la poudre de piments dans la nourriture des jumeaux Songi-Songi et Tala-Tala à Loango avant de devenir leur adjoint ? Ce n'était pas avec cela que j'allais mériter une place dans la postérité. J'estimais que je valais mieux, et il me fallait le prouver…

★

J'avais acheté ce couteau en fin de matinée dans la boutique du Marocain Ahmed XVI, près du rond-point Kassaï. Malgré la confusion qui régnait dans mes pensées, pour la première fois je sentis l'agréable plaisir de la remontée des souvenirs même s'ils étaient encore sporadiques. Quelque chose se passait en moi car je me souvenais même que c'était le commerçant marocain qui m'avait aidé dans le choix du couteau et qu'il était derrière moi comme une ombre de midi cinq, de peur que je ressorte de son bazar sans une marchandise entre les mains.

– Camarade, pourquoi tu hésites encore, hein ? Tu es un type bien, on s'arrange pour le prix, on est en famille ! Tu ne veux vraiment pas d'un fusil de chasse ? J'en ai deux qui peuvent terrasser un éléphant et…

– Non, je veux un couteau.

– Eh bien, avec celui-là, tu ne seras pas déçu ! Moi Ahmed XVI, fils de Ahmed XV, petit-fils de Ahmed XIV, arrière-petit-fils de Ahmed XIII et ainsi de suite, je te fais un bon prix parce que tu es un frère africain, nous avons le même sang, et parce que c'est aussi grâce à ton pays que je nourris ma petite famille et envoie un peu d'argent à mes frères et cousins qui vivent encore dans mon village natal, dans le sud-est du Maroc, à Merzouga. C'est là-bas qu'enfants, nous avions appris à jouer dans les dunes, à jouer à cache-cache dans ce désert sahélien et à quémander un peu d'argent aux touristes qui faisaient des randonnées chamelières ou bivouaquaient à moins d'un kilomètre de notre village !

Il était parti pour me raconter sa vie. Afin de l'interrompre, je caressai la lame du couteau, puis son manche.

Les yeux du commerçant scintillèrent :

– Il est à toi, mon camarade ! Ce couteau est à toi ! Sur la tête de ma mère, je ne vais rien gagner, mais l'important c'est de servir un frère qui est dans le besoin. C'est un couteau en acier inoxydable, et en plus, c'est un Victorinox, donc une marque suisse très appréciée… Regarde sa lame, elle est capable de trancher l'air ! Et le manche alors, quel art ! Tu as un bon œil, mon frère africain !

Au fond, je m'en foutais de son baratin qui avait fait de lui l'un des commerçants les plus malicieux de Pointe-Noire au point que certains redoutaient de mettre le pied dans son bazar car, même si vous objectiez que vous n'aviez pas d'argent, il répondait :

– Qui vous parle d'argent ici, hein ? Est-ce que Ahmed XVI fait ce commerce pour s'enrichir ?

Il vous remettait la marchandise à crédit, confiant que vous finiriez par repasser dans son magasin un jour ou l'autre.

Les mauvaises langues racontaient que le Marocain avait rapporté chez nous sa sorcellerie de l'Afrique du Nord et que devant sa boutique il y avait un miroir magique qui, dès que vous vous regardiez dedans, vous envoûtait et vous poussait à acheter n'importe quoi. Et ce miroir devait être « nourri ». En clair, le Marocain sacrifiait un client tous les six mois afin que le miroir soit efficace, et c'était pour cela que chaque année deux accidents de circulation avaient lieu en face de son commerce situé dans un grand carrefour où les véhicules venus des quatre coins de la ville étaient pris dans des embouteillages infernaux. Alors que les accidents étaient imputés au commerçant, personne n'osait lui demander des comptes parce qu'on avait peur que s'il décidait de se venger, il enverrait la tête de ses détracteurs au Maroc. À Pointe-Noire lorsqu'on disait que votre tête sera « envoyée au Maroc », cela signifiait que vous alliez mourir. Les Ponténégrins se référaient en effet aux boîtes de conserve avec la mention *Made in Morocco* et dans lesquelles les sardines n'avaient jamais de têtes. Qu'est-ce que les Marocains faisaient de ces têtes ? Personne ne le saura et Ahmed XVI jouait sur cette peur de la population pour menacer ses détracteurs :

— Si vous continuez à m'embêter et à dire n'importe quoi sur moi, j'enverrai vos têtes au Maroc !

Comme je ne voulais pas, moi non plus, que ma tête soit envoyée au Maroc, je n'ai pas trop contredit Ahmed XVI. Ce que je voulais c'était ressortir de sa boutique avec un couteau, peu m'importait qu'il fût en acier inoxydable ou pas.

— Est-ce qu'il coupe bien comme il faut ? lui demandai-je.

Il me regarda des pieds à la tête :

– Mon frère, ça dépend de ce que tu veux couper comme viande ! Je peux t'assurer que tu ne seras pas déçu avec sa lame inox de vingt-cinq centimètres…

Je balançai deux billets de dix mille francs CFA sur son comptoir.

Le commerçant eut un air vexé :

– Non mon frère africain ! Pourquoi tu me donnes ça maintenant ? Va utiliser ton couteau, et si tu es satisfait tu viendras me payer… Au fait, pourquoi tu es habillé de cette façon, tout en vert, avec cette plume sur la tête ?

J'étais déjà hors de sa boutique et m'orientais vers la Tchinouka…

*

La Tchinouka divise Pointe-Noire en deux, s'enfonce dans les endroits les plus reculés de la ville, hésite pendant des kilomètres depuis le quartier Rex jusqu'au quartier Saint-François, contourne le cimetière Mongo-Kamba comme pour respecter le repos des morts avant de vomir dans la mer les impuretés que les Ponténégrins jettent dans son ventre.

Cette rivière est connue pour être plus dangereuse que l'océan Atlantique. En temps de pluie elle devient si irascible qu'elle avale des maisons en dur, retourne les gros camions de la Société des transports de Pointe-Noire et rend impraticables la plupart des artères de l'agglomération au point que les gens restent chez eux pendant plus d'une semaine.

Je ne sais plus combien de fois j'ai sillonné la rive droite avant de retrouver enfin le petit pont qui mène vers le quartier Voungou, l'endroit où j'étais persuadé que j'allais enfin recouvrer mon bonheur d'être un homme comme un autre, mais aussi avec la certitude qu'il me fallait exécuter le dernier acte, chasser en moi ces esprits qui s'étaient réfugiés dans mon corps au point de corrompre ma mémoire, ces esprits que je devais balancer dans les profondeurs de la Tchinouka pour qu'ils disparaissent à jamais, qu'ils soient emportés jusqu'à l'océan Atlantique où l'aïeule Nzinga les anéantirait pour toujours...

★

Ceux qui me croisaient s'écartaient d'abord de ma trajectoire, puis prenaient la poudre d'escampette dès qu'ils découvraient que j'avais un couteau et que mon accoutrement était en décalage avec celui de notre époque.

J'étais fier de voir que je terrifiais les gens rien qu'avec un objet que tout le monde possédait pourtant chez lui, comme l'aurait dit le docteur Lucien Kilahou. Certains se jetaient dans le courant lorsque, pour mieux les intimider, je donnais un coup de couteau en l'air.

Alors que le jour déclinait, je fonçai droit devant moi, les yeux rivés vers une grande bâtisse très éclairée. Je rajustai ma plume de paon qui manquait de se détacher de mon capuchon à chaque coup de vent. Je serrai bien fort mon couteau, parce que c'était lui qui allait me rendre ma dignité.

Je n'étais plus qu'à quelques centaines de mètres de cette maison somptueuse, avec un mur deux fois plus grand que ma taille et deux gardiens debout comme des poteaux électriques.

Le souvenir de l'orphelinat de Loango traversa mon esprit et je crus un instant que ces deux gardiens étaient Vieux Koukouba et Petit Vimba.

Oui, je n'étais plus qu'à une centaine de mètres de cette demeure lorsque j'aperçus une voiture noire aux vitres fumées s'arrêter devant la porte d'entrée. L'un des gardiens s'empressa d'aller ouvrir la portière au chauffeur, et je vis enfin de plus près cet homme qui m'avait enlevé ma Maman Fiat 500. Comme à son habitude il avait toujours voulu montrer aux Ponténégrins qu'il conduisait seul sa voiture, qu'il n'avait pas besoin de garde du corps et que les deux gardiens devant sa résidence lui avaient été imposés juste pour la sécurité de sa famille, et d'ailleurs ils n'étaient armés que de matraques. Mais ce soir cette démagogie allait trouver ses limites car, rassemblant toutes mes forces, je me lancerais vers cet individu que je détestais le plus au monde, plus même que Dieudonné Ngoulmoumako.

Loango

Il a été dit pendant mon procès que j'avais agi sous l'emprise de la démence, et il m'est interdit désormais de toucher à un couteau, même en plastique.

Il paraît que c'est dans cet endroit où je suis enfermé que se situait l'orphelinat dans lequel j'avais passé les treize premières années de ma vie. Les anciens bâtiments ont été détruits, remplacés par ceux de ce nouvel établissement pénitentiaire pour les criminels qualifiés d'« irresponsables ».

On me laisse écrire, remplir des pages et des pages entières à longueur de journée. Au moins on m'a à l'œil, et le directeur Rémi Kata Likambo dit souvent que ce n'est pas avec un crayon que je tuerai quelqu'un.

Le dimanche, je me rends comme les autres codétenus dans une salle de prière où un pasteur zaïrois nous parle de Dieu. Quand il a su que mon nom de naissance c'est *Tokumisa Nzambe po Mose yamoyindo abotami namboka ya Bakoko* il a donné des consignes pour qu'on ne l'utilise jamais. De même, il n'a pas souhaité qu'on m'appelle tout simplement « Moïse » alors que dans mon esprit je me dis que je mérite ce nom parce que j'ai libéré le peuple de Pointe-Noire de François Makélé, ce maire véreux qui n'avait pas le souci des conditions de vie des Ponténégrins et qui avait peut-être fait disparaître Maman Fiat 500 et ses filles dans les gorges de Diosso. C'est là-bas qu'on a découvert un charnier dans lequel étaient entassées la plupart des victimes de la campagne « Pointe-Noire sans putes zaïroises ». L'opération avait tourné au carnage à cause de la haine qui existe entre notre pays et le Zaïre et que les politiciens attisent à la veille de chaque élection.

Ce prêtre dont je ne me souviens d'ailleurs pas du nom me paraît hypocrite. Il est grand de taille, porte des costumes sur mesure qui ne sentent pas la naphtaline – ce qui est suffisant pour que je le déteste. Parfois il s'embrouille, parle en anglais un moment juste pour nous dire qu'il a appris les Écritures saintes dans cette langue que personne d'entre nous ne comprend. Et puis il me paraît distant, hautain et nous regarde avec mépris comme si pour lui nous étions irrécupérables et indignes de mériter la rédemption…

Il ne faut surtout pas que j'oublie de noter que j'ai un ami avec lequel je m'entends bien et à qui j'ai donné à lire ces confessions entamées depuis quelques mois pendant ma détention à Mbulamatadi avant que je ne sois transféré ici une semaine seulement après la fin des travaux – c'est d'ailleurs pour cela que tout est flambant neuf.

Mon ami a gardé le texte pendant dix jours, et pendant dix jours il m'a évité à la cantine, au réfectoire et dans les douches communes. Je ne me sentais pas bien car je voulais l'épater, lui montrer que je n'étais pas un légume, un vulgaire criminel. Il m'a rendu mes feuillets en disant que lorsqu'il aura du temps – comme s'il n'en avait pas ici – il écrira son histoire qu'il tient à ne raconter à personne, même pas à moi.

Il s'appelle Ndeko Nayoyakala, et il a une quarantaine d'années comme moi. Son visage efflanqué et décharné est compensé par un gabarit herculéen qui dissuade quiconque de lui chercher noise. Lui aussi a des problèmes dans le cerveau et, aussitôt qu'il m'avait rendu mon manuscrit je l'avais brassé devant lui et découvert qu'il ne s'était pas retenu de corriger en rouge ici une coquille, là un anachronisme. Nous nous sommes chamaillés à cause d'une petite virgule de rien du tout qu'il trouvait mal placée et que moi je souhaitais maintenir comme telle.

Depuis que je l'ai trouvé ici, Ndeko Nayoyakala ne change pas ses habitudes : le matin il se met devant la fenêtre de sa cellule pour dessiner les avions qui passent.

Un jour, n'en pouvant plus de son obsession pour ces appareils volants, je lui ai parlé de cette même passion qu'avait mon meilleur ami d'enfance.

Il m'a regardé un moment :

– Il s'appelait comment ?

– Bonaventure…

– Bonaventure qui ?

– Bonaventure Kokolo…

Il est resté quelques secondes très songeur avant de marmonner, les yeux baissés :

– Je dessinerai des avions jusqu'au jour où j'en verrai un vrai atterrir devant l'entrée de l'asile pour me sortir d'ici…

Au jour le jour
poésie
Maison rhodanienne de poésie, 1993

La Légende de l'errance
poésie
L'Harmattan, 1995

L'Usure des lendemains
poésie
prix Jean-Christophe de la Société des poètes français
Nouvelles du Sud, 1995

Les arbres aussi versent des larmes
poésie
L'Harmattan, 1997

Bleu Blanc Rouge
roman
Grand Prix littéraire de l'Afrique noire
Présence africaine, 1998

Quand le coq annoncera l'aube d'un autre jour…
poésie
L'Harmattan, 1999

L'Enterrement de ma mère
récit
Éditions Kaléidoscope (Danemark), 2000

Et Dieu seul sait comment je dors
roman
Présence africaine, 2001

Les Petits-Fils nègres de Vercingétorix
roman
Le Serpent à Plumes, 2002
et « Points », n° P1515

Contre-offensive
(ouvrage collectif de pamphlets)
Pauvert, 2002

Nouvelles Voix d'Afrique
(ouvrage collectif de nouvelles)
Éditions Hoebeke, 2002

African psycho
roman
Le Serpent à Plumes, 2003
et « Points », n° P1419

Nouvelles d'Afrique
(ouvrage collectif de nouvelles
accompagnées de photographies)
Gallimard, 2003

Tant que les arbres s'enracineront dans la terre
poésie
Mémoire d'encrier (Canada), 2004
et « Points Poésie », n° P1795

Verre Cassé
roman
prix Ouest-France/Étonnants voyageurs 2005
prix des Cinq Continents 2005
prix RFO 2005
Seuil, 2005
et « Points », n° P1418

Vu de la lune
(ouvrage collectif de nouvelles)
Gallimard, 2005

Mémoires de porc-épic
roman
prix Renaudot 2006
Seuil, 2006
et « Points », n° P1742

Lettre à Jimmy
récit
Fayard, 2007
et « Points », n° P2072

Black Bazar

roman
Seuil, 2009
et « Points », n° P2317

L'Europe depuis l'Afrique

(avec Christophe Merlin)
Naïve, 2009

Anthologie
Six poètes d'Afrique francophone

(direction d'ouvrage)
« Points Poésie », n° P2320, 2010

Ma sœur étoile

(illustrations de Judith Gueyfier)
Seuil Jeunesse, 2010

Demain j'aurai vingt ans

roman
prix Georges-Brassens
Gallimard, 2010
et « Folio », n° 5378

Écrivain et oiseau migrateur

André Versaille éditeur, 2011

Le Sanglot de l'homme noir

essai
Fayard, 2012
et « Points », n° P2953

Tais-toi et meurs

roman
La Branche, 2012
et « Pocket », n° 15300

Lumières de Pointe-Noire

récit
Seuil, 2013
et « Points », n° P3203

Lettres noires
Des ténèbres à la lumière
leçon inaugurale
Fayard, 2016

Le monde est mon langage
essai
Grasset, 2016

RÉALISATION : NORD COMPO À VILLENEUVE-D'ASCQ
IMPRESSION : CPI FRANCE
DÉPÔT LÉGAL : JANVIER 2017. N° 132806 (3019581)
IMPRIMÉ EN FRANCE